はじめに

新型コロナウイルスの感染拡大がとまりません。ウイルスとの闘いの最前線で、治療、看護、ケア、介護、感染予防に日夜奮闘しておられるすべての皆様に、心からの敬意と感謝を表します。

私は、新型コロナウイルスが拡大しつつあった今年（2020年）3月初め頃から、自粛して自宅に籠っていました。毎日長い時間自宅でばかり生活していると、本を読んだり音楽を聴いたりするにも限界があり、何とかしなければと焦っていました。その時、母の川柳を目にしたのです。川柳を見ていると、長い間、しかも看護一筋に生きてきたこれまでの人生の中で、私と関わった人々との、また患者さん・そのご家族との、さらに私の家族との日々が、どれほど尊いものだったか、穏やかな気持ちで、思い返すことができたのです。人との出会いの中で、私は、私なりの考え、気持ちを大切にしようと努力して生きてきましたが、はたして、それは、相手の人にとってどうであったのか、静かに思いを巡らす時間でもありました。そしてこの貴重な時間は、私が一人の人として、また長年看護管理に携わった経験を有する看護職者として、日頃思っていること、感じていること、これから望むことを、文字にしてみようと思う気持ちへと駆り立ててくれたのです。

私は書き進めたものを3つの章に分けてみました。

第1章は、4つのテーマで構成しています。1つ目は〝どう生きたいのか〟、2つ目は〝かけがえのない人々からの贈り物（学び）〟です。3つ目は〝人と人、この不思議な縁にどのようなエッセンスを加えたいのか〟、4つ目は〝無くしてはいけない遊び心〟です。

第2章では、私の人生をかけて走り抜けている〝看護〟への思い、期待を文字にしてみました。

第3章では、いまだ癒やされることのない母への思いを中心に書いてみました。

思いを込めた文章の根底に流れるものは、〝生きる〟ことの喜び、悲しみ、幸せ、不安、希望、期待など、日々の振る舞いの中で生じる心模様です。拙著のタイトルに選んだ「生きるを支えあう」、この言葉には、誰もが感じる様々な心模様に、時には喜び合い、時には寄り添い合い、時には慰め合い、時には励まし合い、明日を語り合う。そのことによって、あるがままに生きる力が得られるようにとの願いを込めました。

時代がどんどん変化し、多様な価値観が当たり前の時代にあって、私の書き残すものが、読んで下さる方の心に少しでも響き、何らかの刺激になればこの上ない喜びです。

目次

はじめに　3

第1章　一人の人として
自分を尊敬し他の人を尊敬する――13

【生きるということ】　17
生涯見事に生き抜くということ　17
人生最終章での振る舞い　18
命がけで生きていく　20
悔いのない人生を　20
引き際は誇りを持って　21
身辺整理は進まない?!　22
人生会議は難しい　23

ケアマネジャーIさんは真のプロフェッショナル　25

【人に学ぶ】　27

かけがえのない友へ――山野草に偲ぶ　27
何だっていいものはいい　29
歯科医師U先生　30
極める見事さ　33
地域を支える訪問看護師Yさん　35
介護に心を尽くす親愛なる友へ　37

【人――私と他の人と】　39

何よりも人が好き　39
誰かの思いの宛先　42
人に興味がありすぎて　43
どこで教育すればいいの？　44
人を喜ばせるのは自分のため　45

誰と出会ったかで人生が変わる 45
ほめられること・ほめること 46
ねたむよりうらやむ気持ちを大事に 48
愛することは止めないで 49
幸せは誰が決めるの 49
悲哀を感じる時は 50
やさしくなければ生きていく資格がない？ 51
人は見かけで選ばれる 53
人をやる気にさせるには 54
返信・返礼はできるだけ早く 54
人を心地よくさせる魔法の言葉 56
感動を与えるスピーチ 57
スピーチに思いを込めて 57

【遊び心】 62
オペラシネマに魅せられて 62
カタルシスをもたらすもの 63
スキーは青春そのもの 66
雰囲気も大事⁉ 68
花火に思う 68
ワインに魅了されて 69
ワインの味は人柄を表すとか 70
ソムリエナイフの魅力 71
ソムリエナイフのシンボルマーク 72
クリスマスに思う 73
【附】 75
母の川柳 75

第2章　看護職者として
やりがい、喜び、誇りを持ち続けるために――81
【現在そして未来へ】　85
ピアとしての看護師　85
看護職副院長への期待　86
特定行為に係る看護師　88
看護のやりがい、喜び、誇りを持ち続けるために　89
真のチーム医療の一方で　90
看護臨地実習でのマスク　92
今やアクティブ・ラーニングの時代　93
看護管理者支援プロジェクトを立ち上げて　94
皆様に支えられての看護管理者支援プロジェクト　96
【事例で語る管理】　98
懐に忍ばせるもの――それは短剣　98

やる気にさせる具体をもう少し――いきいきピチピチ組織に 100
感動を分かち合うということ 101
答えは面談を希望した人の中にある 106
否定する時に相手の感情反感を起こさない方法 107
成長を期待するメッセージだった！ 108

第3章 母の愛猫――チララのひとり言

いまだに癒えることのない心の痛みと向き合うために―― 111
はじめまして、ヒデ子さん、富子さん、ゴン兄ちゃん 115
ヒデ子さんとの日常 116
ヒデ子さんから富子さんへのメッセージ 118
富子さんからヒデ子さんへのメッセージ 120
ワタシから富子さんへのメッセージ 121
富子さんからワタシへのメッセージ 122

おわりに　125
謝辞　129

第1章　一人の人として

自分を尊敬し他の人を尊敬する

～いのちの輝きを共に～

私は、看護職者である前に、一人の人としてどのように生きていくのか、
常に考えながら過ごしてきました。
今もこれからもその気持ちが変わることはないでしょう。
ここでは、日常で感じること、思うこと、求めることについて率直に綴ります。

【生きるということ】

生涯見事に生き抜くということ

母は97歳でこの世を去りました。

母の生涯は、見事という他ありません。最後の入院の日まで、そして入院後も、母は母らしく毅然として時にはユーモアたっぷりに、最期のその日、その時まで過ごしました。お茶目な母を再発見した日々でもありました。

このような母を支えたものは、何と言っても、私を守り抜かなければという強い意志、そして、日々たゆまぬ心身の鍛錬、これに尽きると思います。母が行った身体の鍛錬は、愛犬・愛猫と散歩すること。照る日、曇る日はもとより、雪の日、雨の日さえも、継続した

母に寄り添い続けた
愛猫チララ

母を守り続けた愛犬ゴン

と聞いています。心（頭）のそれは、日常の在りようを、全くの素人ではありますが、川柳にしたためたことです。

母の川柳は、とても素直で、かつ故郷を一瞬にして思い出させてくれる貴重なもので大好きです。沢山ある中から抜粋してこの章の終わり（75頁【附】）に掲載しました。

私も母のように毅然とそしてお茶目に最期を迎えたいと願う日々です。

心身の鍛錬！　自分に甘くは今日から捨てることにします。

人生最終章での振る舞い

母は、心不全の増悪で入院しましたので、身体的に苦しい日がありました。そのような状況でも、看護師さんたちへの感謝の言葉が聞かれない日はありませんでした。看護師の皆さんは、その日の勤務が終了する時に挨拶をしに来て下さいます。受け持ちでない看護師さんも、来て下さいました。ある夜勤の看護師さんが挨拶に来て下さった時など、「疲れたね～、お疲れさま！　ここで寝て帰ったら？」と自分のベッドを指差す、そのような母でした。

お茶目だと気づいたのは、母の手の指が長くてとても綺麗なことに目を留めた看護師さんが、「福岡さん、ピアノ弾いておられたのでしょう?」と聞くと、母はやにわに「バーン」と言って両手でピアノを弾くしぐさをするではありませんか。

そして「ウソウソ」とにっこり微笑んだものですから、みんなで爆笑しました。看護師さんたちは、母のやさしい笑顔、まなざし、語りかける言葉の数々に、逆に癒やされ励まされたと言って下さいました。私にも、つらいけれど心が温かくなる瞬間がありました。自宅に帰るため病室を出ようとドアのところで振り返ると、母がいつも笑顔で手を振ってくれたのです。その光景は今でも心に深く残っています。

人生の最終章にあって、どのように振る舞うのか、振舞えるのか、母から多くのことを学びました。

凜と咲き母を励ましてくれた花、山茶花

命がけで生きていく

「人生はプラスマイナスゼロ」とはよく言ったものです。

いいことばかりで人生が終わるわけではなく、よくないことばかりで終わるわけでもない。

いい日悪い日、山あり谷ありまた山あり……そんな人生をどう生きていくのか。残されたこれからの道を、今の今、瞬間瞬間を懸命に生きる、命がけで生きていく、難しいけれど、そのような強い気持ちを思い出しながら、過ごしていきたいものです。

井伏鱒二の名訳（于武陵漢詩「勧酒」）〝花に嵐のたとえもあるぞ　さよならだけが人生だ〟。この言葉には非常に心惹かれます。今の今、瞬間瞬間を大切にしようと思える言葉です。

悔いのない人生を

看護の臨床現場に身を置き仕事はやり切ったし、美味しいものは食べたし飲んだし、旅行もしたし、音楽・オペラも堪能したし、そして何より尊敬できる人、好きな人、愛する人とも巡り合い、悔いなどありはしないはず。あとは、人生かけて行うこと、それは、思いやりの心を持ち続けることだと思うのです。自分がしてほしくないことを人にしないと心に強く誓い、残りの人生を過ごしたいものです。そうすれば、本当に悔いのない人生になると思うのです。

人は、どちらの道を選ぶのか、幾度となく決断しながら生きています。過ぎ去った日々に思いを巡らす時、後悔の思いが瞬間頭を過ることがないとは言えません。でも、あの時、あれほど悩み考え抜いた末に選んだ道だから、頑張れた今があると、思い返すようにしています。

引き際は誇りを持って

人生を愛せよ、死を思え、時が来たら、誇りをもって、わきへどけ。
一度は生きなければならない。それが第一の掟で、一度だけ生きることが許される。
それが第二の掟だ。

ドイツの詩人で作家であるエーリッヒ・ケストナーの名言です。著書『警告』が原典とか。

〝誇り〟、これは私の好きな言葉の一つです。誇りのない人生なんて考えられないと感じています。時が来たら誇りを持って脇へどく、私はそうしたいし、そうできれば最高だと思っています。でもその時を決めるのが難しいのです。自分自身はもっとできる（そう思いたい）と思っているし、「生涯現役で」などとおだてられて、ついついその気になったり。なかなかふん切りがつかないものです。私をきちんと見極めて、「引き際の美しさ」を説いてくれる人の存在が、これからの日々、不可欠だと思っています。

身辺整理は進まない?!

テレビの観すぎかもしれませんが、最後に何を食べようとか、誰に看取ってほしいとか、ついつい考えてしまいますが、それはそれで結構楽しんでいるところがあります。その前にやるべきことがあるのに……。それは最もしんどい、いわゆる「断捨離」（この言葉が嫌いで、「身づくろい」と言う人もいます）。私は、「身辺整理」と呼びましょうか。身辺整理はなかなか進まないものです。どれ一つとっても、潔く捨てることなどできはしないのです。

一つ一つに、人・場所・言葉など思い出が宿っているんですから。結局捗々しく進まず、断捨離上手（好き）の友人を呼ぶしかないなと半ば諦める日々です。

人生会議は難しい

叔母が90歳で亡くなりました。歳に不足があるわけではありません。ただ唯一心残りがあります。叔母の気持ちに寄り添い受け止められたかと。終末期にある叔母の意思決定支援ができたかと。この大事なことが多分できていなかったのではないかと。

言い訳になるかもしれませんが、終末期にある人を中心に、医療職、介護職、家族が共に話し合うことのなんと難しいことか。

話し合う以前に、叔母の意思を確認しておく必要があったにもかかわらず、それができませんでした。叔母の最期は、当然病院で迎えるべきだと思っていましたし、叔母もそう望んでいると思い込んでいたものですから、病院をイメージしてストレートに聞きすぎたと反省しています。「最後にどうしてほしい？　例えば心臓マッサージは？人工呼吸器は？　点滴は？」こんな質問（これは詰問でした）をしたので、叔母は、「よきにはからえ」「どうしたらいい？」としか答えられなかったのでしょう。数少ない家族である私の発言を、どのような気持ちで捉えたかと思うと、悲しみが込み上げてきます。

同じような経験をされる方も少なくないと思われます。どうか、終末期にある人の意思決定には、心を込めて、これが自分だったらという気持ちで、しっかりと向き合って下さい。

叔母の愛猫クロ
野良から
かけがえのない家族に

ケアマネジャーIさんは真のプロフェッショナル

叔母は、介護サービス付き高齢者住宅で暮らしていました。元来明るい性格で、職員の方々や入居者の皆さんとも打ち解けて楽しく暮らしていました。とてもよい日々を過ごしたと思います。

担当して下さったケアマネジャーのIさんは30代の女性。叔母の体調の変化や性格や好き嫌いをしっかり把握し、今どうしなければならないかの判断が極めて適切でした。叔母の信頼を得ていたことは明らかです。叔母は右心不全の末期と診断されていましたので、かかりつけ医から、「入院を受け入れてくれる病院は多分ない」と言われ、家族が入院先を探さなければと慌てたものです。

でも叔母は、Iさんに、最期を迎えるにあたっての希望を伝えていたのです。食べられなくなり点滴をしても自己抜去し、酸素吸入は頑なにこばみました。

「入院したくない。住み慣れたこの場所、知り合いが沢山いるこの場所で最期を迎えたい」、これが叔母の意思決定でした。Iさんは、叔母の意思をきちんと受け止めて支援して下さったのです。

Ｉさんの働きかけで、かかりつけクリニックの看護師、施設代表者、Ｉさん、私が一堂に会して、叔母の最善を確認し合いました。叔母は皆さんに最期まで大事にしていただき、施設で旅立ちました。

今回出会ったケアマネジャーＩさんに、叔母のみならず家族である私も助けられ、癒やされ、そして何よりも、叔母の最後の望みを叶えることができました。感謝しかありません。このような専門性の高いケアマネジャーさんがいる限り、高齢者も家族も安心して、地元地域でクオリティ高く暮らすことができると確信しています。

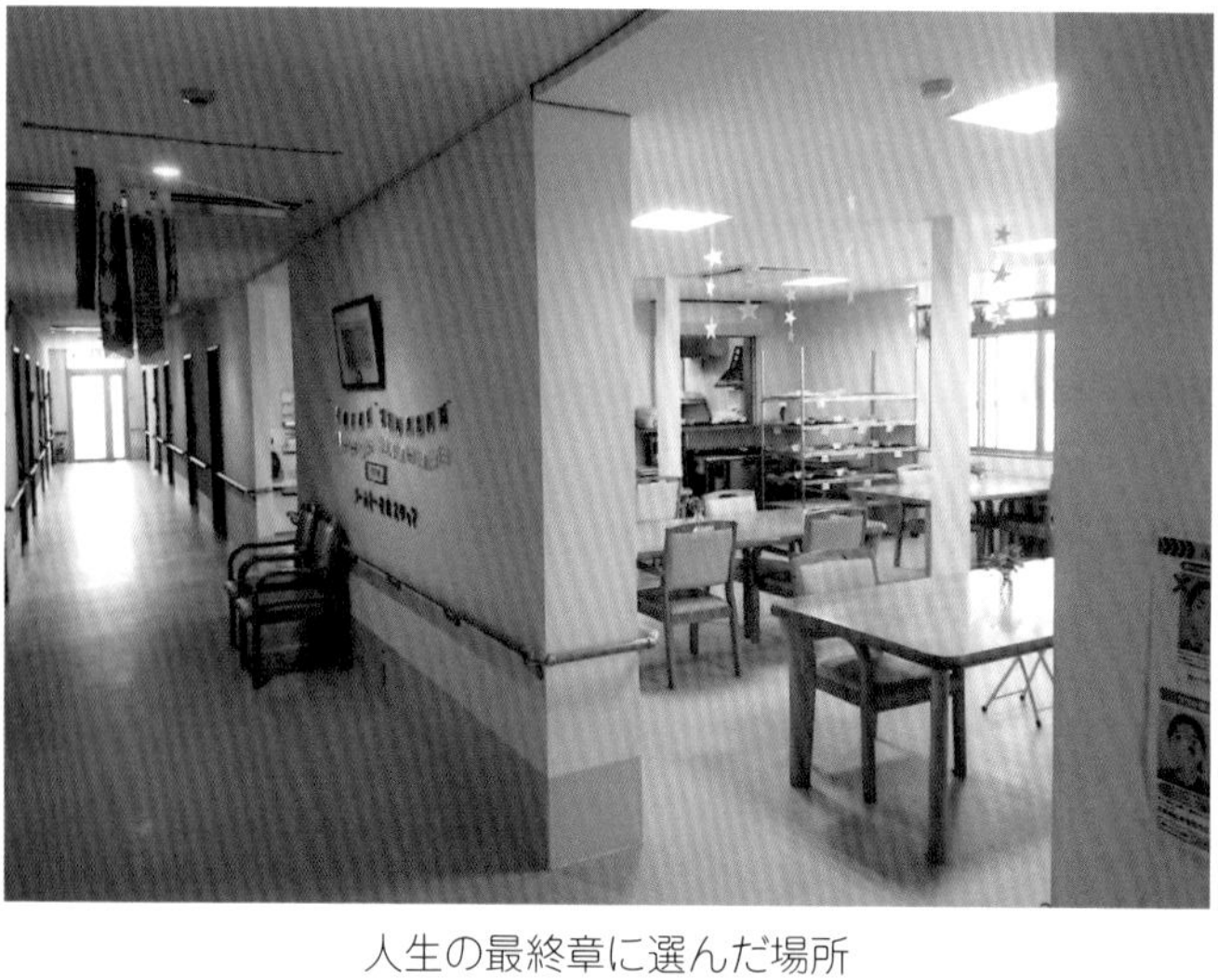

人生の最終章に選んだ場所

【人に学ぶ】

かけがえのない友へ――山野草に偲ぶ

ある友人とは、折に触れてお互いの母について語ることがありました。友人のお母様が、山野草を殊の外慈しみ育てていると聞いてから、一度お会いしてお花の魅力などお話ししたいと願っていました。でもそれは叶わぬこととなってしまったのです。このほど、形見となった山野草を譲っていただきました。名前のわかる花は、黄菅《きすげ》、風蘭《ふうらん》、深山海棠《みやまかいどう》、皐月《さつき》、雪割草《ゆきわりそう》（これはいただいた図鑑28冊で調べて判明）。あとはまだ判明していません。追々に調べたいと思っています。

お母様がとても好きだった雪割草
山野草の魅力が溢れている

譲っていただいた花たちは、私が住む街の暑さ（日本一暑かったと報道された日がある）、寒さ（寒さが半端ないと報道されたこともある）に耐えてみんな元気です。昨年の夏には、風蘭が見事に咲き乱れ、黄菅も2輪咲きました。今年に入り、枯れたかもと心配していた鉢に黄色の花（黄菅ではなく名前のわからない花）が3輪咲きました。春の妖精と呼ばれる雪割草も2鉢が満開になりました。そして深山海棠にも赤い蕾が沢山ついています。やがて満開になることでしょう。

咲いた花はそれぞれ可愛くてきれいで、勿論愛おしいのですが、譲っていただいた山野草の鉢はどれも寄せ植えがしてあるので、四季を通して楽しめます。友人のお母様が、沢山の図鑑を参考にして植えられたので、大事にしなければと強く思っていると、ふと「年年歳歳花相似　歳歳年年人不同」（唐の詩人、劉希夷の代表作「代悲白頭翁」の一節）が浮かびました。人ははかないものですが、花は毎年同じように咲いてくれる。でも、花たちの輝きが一層際立つのは、限りない愛情を注ぎ慈しみの心で育てるからだと、友人のお母様に教えていただいたように思います。

蕾をつけた深山海棠が春の風に揺れています。咲いたらスマートフォンで撮影して、真っ先に友人に送信しようと心に決めました。

何だっていいものはいい

ある友人と彼女のお母様と私には、毎年3人で楽しみにしているものがあります。それは、新歌舞伎座で開催される三山ひろしのコンサートです。友人のお母様（88歳）が彼の熱烈なファンで、私たちはお供のつもりで参加していましたが、これがとても楽しいのです。友人と私がステージの彼に向かって「ひろし～」と叫ぶようになったのも、友人のお母様の影響ですが、そうすることでなんだか心身ともに若返るように感じます。彼の曲に合わせて指で拍子をとるお母様を見ていると、微笑ましい限りですし、元気の源はこれなんだ！　と妙に納得してしまいます。高齢になると、何事にも無関心になる人が少なからずおられると思いますが、楽しむ心を持ち続けて行動に移す（移そうとする）、そんな友人のお母様は素晴らしいと思います。私たちもあやからなければ！　と

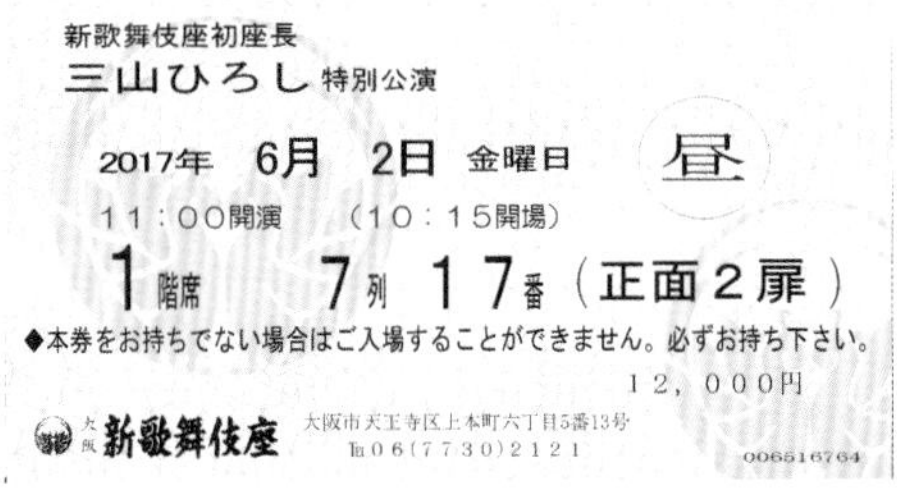

座席はいつも花道のすぐ傍で臨場感溢れる場所。
年に一度の楽しみを３人で！

強く思います。

三山ひろしと言えば、私にも心に沁みる曲があり、CDを手に入れて、ワインのお供に聴いている時があります。もっとも好きな曲は「男の流儀」でしょうか。

「演歌も好きで聴くよ」と話すと、同世代の友人でも「え〜」とか「うそ〜」とか驚きの反応があります。でも、演歌には演歌のよさがあり、クラシックはクラシックで魂を奪われるし、ポップスは大好きだし、いいものはいいんです。これしかダメみたいに決めつけて生きていくのは、大層窮屈に思えてなりません。歳を重ねても、どんなものも受け入れられる器でありたいと願う日々です。

歯科医師U先生

歯科医師であるU先生は、私たちにとって羨望の的であり、尊敬してやまない存在の方です。
15、16年前でしょうか。当時、歯の治療をしたくて評判のよい歯科医院を探していたのですが、なかなか見つけることができず困っていました。その時に友人から、U先生を紹介されたのです。今思えば、本当にラッキーでした。もしもあの時の出会いがなかったら、今頃私の歯はガタガタ、下手をすれば総入れ歯だったかもしれません。

U歯科医院は、私の自宅から車で約1時間程度の場所にありますが、医院の職員の皆さんと会えると思うと、楽しい気持ちになり、いそいそワクワクしながら車を走らせることができます。駐車場に着くと何故か緊張しますが、清潔に保たれた待合室には大きな水槽が置かれていて、綺麗な熱帯魚の数と種類がちょっと増えたみたい、などと感じているうちに、張り詰めた感情が和らぐのです。

U先生は、口腔外科ご出身とのことですが、正に神の手（言いすぎではないです）を持つ医師だと思います。私は、インプラントの治療をしていただいたのですが、15年経過する現在においても、何の不具合もなく、美味

熱帯魚の魅力がたっぷり。待合室は癒やしの空間

しく食事することができています。治療室には歯科衛生士の方がおられますが、一般的な医院に比べると人数が多いように思われます。皆さん大変感じがよくて、いわゆるエレガンスの部分（身なり、挨拶）でも、優れていると感じます。いつも私のメンテナンスの担当になって下さる歯科衛生士のTさんは、主任さんですが、大変優れた観察力と技術を兼ね備えておられます。

私は職業柄、治療室内の様々な掲示物を観察する癖があります。U先生が最新の治療や技術習得のために如何に研鑽を積まれているか、地域医療にどれほど貢献されているか、また職場環境をよくするための配慮が職員旅行の様子などの掲示物からよくわかり、感心することしきりです。その中でも特筆すべきは、スタッフ紹介コーナーが設けられていて、院長を務められているU先生はじめスタッフの皆様が、どのようなことを目指し大事にされているのかのメッセージを、顔写真入りで掲示されていることです。

そして、お一人お一人のメッセージには、他のスタッフからの心温まる〝ひとこと〟が添えられていて、このような素敵な職場が存在するのかと、感激してしまいます。

思いやりと感謝を大切に。

常に最良の治療を目指します。

働き易く、信頼し合える職場を作ります。


以上が、U先生からのメッセージです。理念として掲げられているわけではありませんが、これこそがU歯科医院の理念であると、私は思うのです。

絵に描いた餅ではなく、すべて実行されているU歯科医院。安心感と満足感で満たされるのは、言うまでもありません。

極める見事さ

U先生のお話を続けます。

先生には、もう一つ肩書きがあります。それは、お蕎麦の〝夢心庵〟です。屋号ではありません。先生は蕎麦打ちの名人を決める5大会の一つである「山形県蕎麦打ち名人大会」

で優勝され、県知事賞も受賞された蕎麦打ち名人で、蕎麦匠なのです。

ご自宅に作業場を造られて、蕎麦打ちに必要な器具を全て揃えられ、「美味しい蕎麦を打ちたい、食べていただきたい」その一心で、毎日早朝に練習打ちをされていると伺いました。

先生が打たれたお蕎麦の美味しいこと！

年に数回打ち立てをいただくのですが、蕎麦の色、つややかさ、切り方（細くて揃っていて美しい）の腕が年々上達しているのがわかり、見事だと感激します。

また、ご自分でデザインして作られた暖簾や箸袋を見ると、驚きと共に「蕎麦」に込められた限りない愛情を感じます。

本業である歯科医師としての研鑽は言うまでもなく、蕎麦打ち道にも邁進され、極めてこられた情熱と真摯な心意気は、清々しくて素敵です。そんなU先生は、悔いのないよう看護管理者を育てるという夢（ビジョン）に邁進したい私の背中

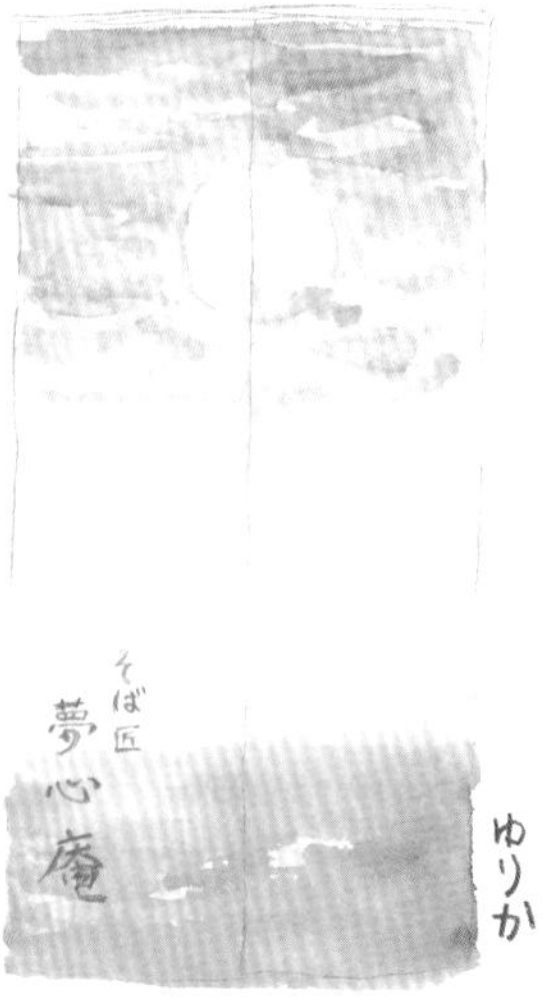

そば匠として暖簾造りも
「極め」られました

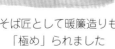

を押して下さる、かけがえのない師なのです。

地域を支える訪問看護師Yさん

友人はブレンドコーヒー、私はカフェラテを飲みながら、二人でゆったり過ごすのが、数か月に1度の楽しみです。友人は訪問看護ステーションで管理者をしていて、私は看護の道一筋。友人も看護師ですから、共通の話題で盛り上がることができます。

その友人が訪問看護ステーションに入職した時からの話です。

当時、その訪問看護ステーションでは24時間体制が整っていなかったため、友人が尽力し、構築することができました。その間、どれほどの苦労と努力が必要であったことか。友人はその苦労について多くは語りませんが、私も管理者でしたので、ほんの少しに過ぎないでしょうが理解することができます。

友人の話を聞く度に、訪問看護ステーションの管理者はなんと過酷なのだろうと思ってしまいます。管理者は24時間ずっと携帯電話を携帯していて、職員からの相談に応じるのだそうです。そして時には夜間に訪問看護を求められることがあり、車で出かけると言います。訪問先はいろいろな事情をかかえていて、家の中に入れてもらえず、玄関先での対応になることもあります。また、室内が整理されていないため、足の踏み場もない状態で利用者さんに対応しなければならないこともあるのだそうです。一軒一軒で人生の縮図を見ているようだと言います。24時間携帯電話を持ち、正に身体的にも精神的にも過酷な労働を強いられていることについて友人は、過酷だけれど、やりがいのほうが勝っていると言います。ただ、職員からの相談に対する指示やアドバイスがよかったのかどうか、訪問先での指導、ケアがよかったのかどうか悩み、責任の重大さに押しつぶされそうになることもあると言います。不安な時、医師や同僚にすぐに相談できる病院とは全く違った世界で、患者さんやそのご家族を支えている友人のような〝プロの人々〟がいることを、尊敬の念を持ち、しっかりと心に留めておこうと思います。

ササユリ

気高い心を持ち歩んで行く
これからの道！

介護に心を尽くす親愛なる友へ

友人のお母様は、両足が不自由で、室内は自分でなんとか移動できるものの、外出には車椅子を利用する生活を送っておられます。

「子供さん二人が娘さんで安心ですね」と尋ねたところ、「幸せやね、嬉しいね」と答えられました。友人は、お母様と二人で暮らしていますが、お姉さまが近所に住んでおられるので安心感があると言います。「つらくなることない？　時にはがみがみ言うのでは？」と聞きますが、友人は決まって「そんなことはないけど……」と答えます。「親子なのでそれなりの言い合いはするけどね」とも。

心の痛みを伴わない親子のやり取りは、ある意味必要かもしれません。私が見て、友人の、お母様へ

晴耕雨読を楽しむ日々

の対応はやさしいと感じます。一生懸命心を尽くして支えてあげているように感じます。ともすると、「他人への介護は仕事だからやさしくできるけど、自身の親にはそうはいかない」と聞きます。

本当にそうだと思いますが、友人がお母様に対して理想的な行動がとれるのには、幾つか、訳がありそうです。1つ目は、友人からの恩返しの気持ち。育ててくれたお母様への、そして長年、お母様を支えたお姉さまへの。2つ目は、友人を支えてくれる親族が近くに在住していること。3つ目は、お母様がデイサービスに進んで通っていること。4つ目は、友人が晴耕雨読を楽しむことができるよう畑を所有し、いろいろな野菜を育てていること、さらに、数か月に1度は来阪し精一杯楽しむことなどです。

これらの複数の好ましい要因によって、友人自身

手入れの行き届いた畑で元気に育つ野菜たち！

の感情のコントロールが自然にできているのだと感じています。私はそんな友人に、「しっかり生きてるね、立派やね」と心の中でつぶやきます。

私の周囲には、仕事を持ちながら一人で親族の介護をしている人が幾人もいます。「お母さんにがみがみ言ってるんじゃない？　大事にしてあげてね、私のようにならないで！」とついつい言ってしまいます。皆さん何も言わず聞いてくれますが、一人で介護する日々には、きっとつらいことも沢山あるでしょう。私の友人のように、介護する側と介護される側がよい関係を続けられる好ましい環境を手に入れることが、極めて大事なことではないかと、今さらながら考えてしまいます。

【人——私と他の人と】

何よりも人が好き

私の好きなものは、ちょっと変わっているかもしれません。

ワイン、新緑、残雪、穂高、夜景、花火、車（ドライブ）、ステーキ、犬、猫、スキー、油絵など、好きなものは沢山ありますが、やはり何よりも人が好きなのだと感じます。「私は嫌いな人がいないんですよ」とも言います。「苦手な人もいないですね」とも。

何故そうなったのでしょうか。成長の過程で培われた可能性がありそうです。

私の家族の話をしましょう。

父は小学校の教員、母は広島県立の女学校を卒業し「才媛」と言われた人でした。

父は男子（兄）を、母は女子（姉）を連れての再婚同士で、父方の祖父母が同居する家族構成。私と兄・姉とは7歳違いです。物心ついた頃には、父は転勤で家におらず、母は

父正一詠む
山羊つれて今日またゆかむ裏山の
藪のおちこち野菊さく見ゆ

婦人会の会長、ましてや連合会長にもなって、家を空けることが多く、一方、お茶・お花を教えていたものですから、私は寂しい日々を過ごしたものです。よその家族とどこか違う、家族ってもっと温かいもののはず、そのように感じながら過ごしていたように記憶しています。そんな家庭環境で育ったものですから、犬や猫と過ごすことで癒やされました。スポーツにのめり込んだのは偶然ではなく必然だったようです。

スポーツは何でもこなすことができました。ソフトボール、バレーボール、ホッケー、陸上の短距離、リレーなど、中でも好みは集団で行うものでした。練習や試合で苦楽を共にした仲間はかけがえなく、私を支えてくれました。

そんな私には、ずっと心に留めてきた父母からの言葉があります。

父から「もしも人の上に立つ立場になることがあったなら、何があっても部下を守り抜け、大事にせよ」、母から「目上の人に礼を尽くしなさい」「恩を受けた時には、必ず返しなさい。倍にしてでも返しなさい」

私がいかなる時にも「相手にとっての最善」を心掛けてきたのは、父母の教えがあったればこそと思います。「相手にとっての最善」を尽くしたい、また「何事も分け隔てしない（できない）」と常々心に留めていたら、人が好きになっていました。

誰かの思いの宛先

人は人と支え合って生きています。

だからこそ私は、〝誰かの思いの宛先〟という言葉がとても好きです。

この言葉は、確かテレビだったと思うのですが、ある人が言っておられました。誰かにとってなくてはならない存在、それが〝誰かの思いの宛先〟なのだと。

私も、誰かの思いの宛先でありたいと願っています。誰かにとって、なくてはならない存在でありたいと願っています。

自己顕示欲が強い?!　そうかもしれませんが、自分の存在意義を確信した時、生きる力が増すように思うのです。誰かにとって思いの宛先になる……そのような存在になれる努力は続けなくてはなりません。

そのために、私は3つの必要条件を満たすことができるように努力しています。

素敵な女性になる努力を！

・エレガンスを備える
これは、「自分を尊敬し他人を尊敬する」ことと言われており、「人と会う時、身なりを整える、きちんと挨拶する」ことなんだそうです。
・社会人基礎力を磨く
「前に踏み出す力、考え抜く力、チームで働く力」です。多様化が進む社会において、ますます重要な力ですから。
・自己効力感を上げる
自己に対する信頼感や有能感をなくすわけにはいきません。「自分ならできる」という自信を持ちたいものです。

人に興味がありすぎて

電車の中で他の人たちの行動・表情を見るのは、私にとってこの上ない楽しみです。
私のほうが見られているかもしれないのに、勝手なものです。
とても気になるのは、清潔感の無さが目立つ男性でしょうか。年をとるにつれ、男性の髪型、ひげ、身なりが気になって仕方がないのです。今風の、流行りの出で立ちをしている人が多い中でも目を引くのは、何と言っても、清潔感あふれる男性！　素敵です。短髪で襟足は清々しく、きちんとした身づくろい、そして、いきいきとした姿勢。私だったら惚れてしまいます。

女性についても、同じ視点で見てしまいます。髪は長さに関係なく、そこに清潔感があればいいのです。腰掛けている女性によく見られますが、足は開かずきちんと揃えましょう。スマートフォン片手の卑猥な姿は見られたものではありません。でも、他人の振り見て我が振り直せ！　でしょうか。

どこで教育すればいいの？

電車の優先座席に堂々と腰かけている高校生を見かけます。徐々に電車内は込み合ってきて、当然、高齢の方、お疲れの方など、座席を譲りたくなるような方たちがあちらこちらに……。さてどうするかと眺めていると、ある高校生は、手にしたスマートフォンに夢中（そのようなポーズかな）で、周りの状況など眼中にない様子です。思わず声をかけたくなりましたが、ぐっと我慢しました。私がしゃしゃり出ることではなく、家庭教育で、学校教育で、きちんと身につくはずのことですから。

人を喜ばせるのは自分のため

私は、人が喜ぶことを常々求めているように感じます。こうしたら喜んでもらえるかなとか、どうしたら幸せを感じてもらえるのかなとか、相手の喜ぶことをしたいと思っています。「相手にとっての最善」ということにも繫がりますが。相手が〝嬉しい〟と感じてくれることが、私にとっての生きがいの一つなのです。

誰と出会ったかで人生が変わる

あなたはどんな人と出会いました?

誰かと出会う、特に自分の人生が変わるような人との出会いは、千載一遇のチャンスです。仕事であれ遊びであれ日常の暮らしの中であれ、常に自分の力を出し切って頑張っていれば、声をかけてくれる人、認めてくれる人が現れると思うのです。この時が正しくチャンス。このチャンスを、あとで……などとためらっていると、逃してしまいます。すぐに捉えて行動に移す、つまり、その人たちとの縁を大事に紡ぎ続けることが、何よりも大事だと思います。

私は、仕事の上でかけがえのない人たちに恵まれました。この仕事（看護）を続けたからこそ、巡り合えた人ばかりです。節目節目で、目指す方向性と、どのように努力すべきかを示していただきました。私の人生を変えていただいた皆様は、これからもずっと、私の思いの宛先です。

ほめられること・ほめること

自己肯定感が上がったと感じる時は、歳をどれほど重ねても、ほめてもらった時です。私の振る舞いの中から、ささやかでいいんです、何だっていいんです、何かほめることを見つけて下さい。

他の人もそうではないかと思われます。

今の若い人には、「ほめられて育つ」タイプの人が少なからずいるようです。「ほめる必要性はよくわかっているけれど、あの人にはほめるところなど何にもない……」と聞くことがあります。はたしてそうでしょうか。ほめることは、相手の存在を認めることです。限りない関心を持ってその人を見ていると、よいところが見えてくるのですから不思議です。

私は、相手のよいところを発見したら、すぐにほめることにしています。「よかったわ〜」とか「頑張ったね」と声をかけるだけでも相手は嬉しい気持ちになると思いますが、「○○したのはとてもよかったよ」というように、具体的にほめると、次の行動に繋がりやすいと感じます。ほめる時には、表情や声のトーンも大事ですね。私は、嬉しい気持ちを前面に出して、相手の肩をポンポンとやさしく叩きます。私もそうしてもらった時、とても嬉しかったものですから。

〝ほめる、ほめられる〟このコミュニケーションを通して、成長し合えれば素敵ですね！

ねたむよりうらやむ気持ちを大事に

自分より優れているところがある人や、自分が持っていないものを持っている人を見ると、うらやましい気持ちになります。私の周りには、うらやましいなと思う人が沢山います。容姿端麗で素敵な人、英語が堪能な人、ピアノが弾ける人、文才のある人、手抜き料理（失礼）の上手な人、自分で家を建ててお母様と暮らしている人、海外旅行を楽しんでいる人などなど、思い浮かべるときりがありません。

でも、うらやましいとは思いますが、ねたむ気持ちになることはありません。できる範囲で、優れている人にちょっとでも近づきたいと思い、何かしら意識して自分なりに努力しているように思います。厄介なのは、ねたむ気持ちなのです。うらやましい気持ちが行き過ぎると、ねたみに変化すると言われています。

私が経験した例は、同学年でありながら昇進しなかった人が抱いた感情です。怒り、不満、憎しみ、恨み、これらの負の感情は軽減されることなく続き、自分を向上させようとする努力には決して繋がりません。本人も苦しいのでしょうが、解決するのがとても難しいと感じました。言うのはたやすいことですが、うらやましいと思う気持ちでとどめて、ねたむ気持ちに移行しないようにできればと思います。大変難しいことでしょうが。

愛することは止めないで

小田和正、私の好きな歌手です。中でも好きな楽曲が「愛を止めないで」なのです。歌詞がとてもいいのです。

愛する心を失くすと、ぽっかり心に穴が開き、つまらない気持ちになり、何をしても満足感が得られず、やがて自分をも愛せなくなります。

愛を持ち続けることは、相手にとっての自分を高めようと努力することになるのです。私の好きな人に、もっともっと自分を好きになってもらえるように努力するなんて、これ以上の喜び・成長があるでしょうか。

幸せは誰が決めるの

「幸せは、他人が決めるものではない」そう友人に言われてはっとしました。

そう言えば、私のことを「この上なく幸せな人」と言う人がいますが、ある点では幸せであっても、他の点ではそうではありません。そうなんです、幸せかどうかは、私が感じ決めるもの。そして、幸せに優劣などない、全くその通りだと思います。

他の人に「あなたは幸せよね」などと軽々しく言わない。このことを肝に銘じて接していきたいものです。

悲哀を感じる時は

人生の悲哀を感じる時ってありませんか？

高齢になっても一人暮らしで、自由にいきいきと誇り高く生きておられる人がいます。私にはできそうにありません。

一人で生活するのは、自由で楽しいと感じることが多くあるのですが、ふと悲哀を感じることもあるんです。

例えば、悲しみの席に参列して帰宅した時、誰かに「お疲れさま」と迎えられたい、一杯の温かいお茶を出してくれる人がいたら……一人では叶うわけがありません。でも、そのようなことを感じるのは、ほんの一瞬にしようと思います。ないものをねだっても元気は出ません。人生の悲哀を感じた時は、私だったら自分が最も好きなことをすると元気が回復します。例えば、大好きなワイン（赤）をしみじみと楽しんで、酔うほどに誰かに電話してしまい、そして、悲しみなんていつしかどこかへ。私を受け止めてくれる誰かさん、いつもありがとう！

やさしくなければ生きていく資格がない？

新幹線のホームでのこと。大きなキャリーバッグを運ぶ若い女性がエレベーターの前へ。そこへ乳母車を押す若い母親がやって来ました。若い女性は当然「お先にどうぞ」と乳母車の母親に声をかけると思いきや、さっさと我先に乗り込み、後方で待っていた私が開閉ボタンを押すことになりました。思いやりのない行動にがっかりしました。

経験したことをもう一つ。車椅子を利用する者にとって、ドアの開閉に困ることはしばしばあります。自動ドアであれば問題ないのですが、内開きにしても外開きにしてもストッパー付きでない場合には、特に困ります。車椅子を使用していて、ドアを開けて待っていてくれる人のなんと少ないことでしょうか。ある時、そんな場面でドアを開けて待っていてくれた人は外国人（お礼を言うとにっこりと素敵な笑顔）。日本の男性はどうなっているんでしょうね。諸外国から「日本の男性は野蛮人」と呼ばれると聞いたことがありますが、本当にその通りだと思う時が少なからずあります。

　仕事が上手くいかなくてイライラしている時があるでしょう。日々の暮らしで疲れている時もあることでしょう。「他人のことなど気にしている暇なんてない」と言う人がいますが、ささやかでも、やさしい行動がとれたとしたら、もしかして心の片隅にほっこりとする気持ちが湧いてくるかもしれません。そして、その気持ちが次の行動に繋がるなら、自分自身にも困っている人にも幸せを届けることになる

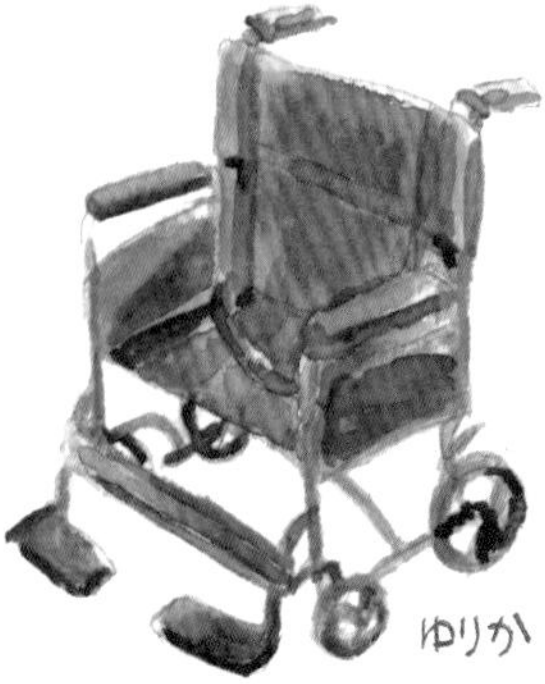

どうぞの気持ちをみんなで！

のではないでしょうか。それが、明日の希望にもなるはずです！

人は見かけで選ばれる

アメリカの心理学者アルバート・メラビアンが、態度や感情のコミュニケーションに関する実験を行った結果（俗称「メラビアンの法則」）、初対面で相手に与える影響は次のような割合だそうです。

・視覚情報（服装・髪型・表情・視線・態度・しぐさ）――55％
・聴覚情報（声の質・大きさ・速さ　口調）――38％
・言語情報（話の内容・言葉の意味）――7％

これによると、最も大きな影響を与えるのは、視覚情報の見た目であることがわかります。

初対面で人と会う時、まずは服装や髪型を整え、表情や態度、しぐさに心を配る人間でありたいと思っています。今日選ぶ服装には、きっと意味（訳）があるはずですから。

さわやかに美しく

人をやる気にさせるには

人は、信頼している人に期待されていると感じることで、行動の変化を起こすと言われています。確かにそうだと思います。私も尊敬し信頼する上司から折に触れ期待されていることを伝えられ（直接や、時に第三者から）、その期待に応えようと、さらに頑張った記憶があります。

どのような集団の中にあっても、相手の行動変容を起こすことができたら、これに勝る喜びはないと思います。人から信頼してもらえるような人間になる努力を惜しまないでおこうと思います。そして、このことが日々をいきいきと過ごせる秘訣だとも思うのです。信頼されるには、行動で示す！　だと感じます。行動を見て、信頼に足るかどうか判断されているでしょうから。

返信・返礼はできるだけ早く

送信したEメールになかなか返事がもらえないとか、送った品物が届いているはずなのに連絡がないなど、そんな経験はありませんか？　相手からの返信や連絡がないと、最初はどうしたのかと心配になり、そして次第に寂しい気持ちになってしまいがちです。

それはどうしてでしょうか。Ｅメールを打つ時には、相手を思い浮かべて、一言一言吟味しながら文章を完成させます。また、品物を送ろうとする時、相手にとって何が最適なのか、喜んでもらえるものは何かと考えあぐねるのではないでしょうか。相手の一番好きなもの？　それとも珍しいもの？　それとも高価なもの？　などなど……。まして、荷造りをして送ろうとすると、とても手間がかかるものです。

Ｅメールや品物をいただいた時には、相手の心遣いや思いも一緒に受け取ることを大事にしたいと思います。人それぞれにいろいろ事情があるでしょうが、嬉しい気持ちは、できる限り早く、素直に、相手に伝えることだと思いますし、その努力をしたいものです。ある人が、送り先の相手からなかなか連絡をもらえない時、〝私が相手にとって大事な存在ではない、つまり相手にとっての私は、それだけの存在なんだ〟と思うことにしていると言っていました。そんな気持ちにさせることのないように、心したいものです。

人を心地よくさせる魔法の言葉

感謝の言葉　　：ありがとう・ごちそうさま・お世話になりました
ねぎらいの言葉：お疲れさま・よく頑張ったね
お詫びの言葉　：申し訳ありません・お先に失礼します

このような言葉をかけてもらって嫌な気持ちになる人はいないと思います。なんとなく満たされた気持ちになるのではないでしょうか。「魔法の言葉」と言われる理由がそこにあります。

魔法の言葉であっても、その状況が発生した時に、間髪を容れずに伝えなければ、相手にいつのことかしらと思われるなど、効力が失われてしまいます。ある人がこんなことを言っていました。「支払いはこちら持ちで食事をするんだけど、ごちそうさまと言ってもらったことがないのよ。お里が知れるわね」。人と接する時、魔法の言葉が自然に出るようになればと思います。

感動を与えるスピーチ

結婚式、卒業式、入学式、いろいろな会合でのスピーチを依頼されることがありますよね。素晴らしいスピーチは、対象の人々の心を打つだけでなく、周りの人たちにも感動を与えます。

なんとかして、私も心を打つスピーチを、と頑張ってみて、気づいたことがあります。それは、前もってやるべきことをやり切っておくということです。つまり、いかに自分を追い込めるかにかかっているとわかりました。時間も頭（心）も、これ以上無理だと思えるほどに自分を追い込むことです。そうすることによって、自信を身にまとい、堂々とした振る舞いで、感動を与えるスピーチになるのだと思います。

スピーチに思いを込めて

不思議な縁で、一緒に仕事をすることができたNさんという方がいます。Nさんがいてくれたから、〝教育体制の確立〟という悲願を、私は達成することができたのです。〝教育〟

という目指す星に向かって、懸命にオールを漕いだ日々が懐かしく蘇ります。

Nさんがどのように優れた人であるか、またNさんとの縁をこれからも紡ぎ続けたい、そんな思いを、彼女の結婚式での私のスピーチから読み取っていただければと思います。

「新郎Sさん、新婦Nさん、本日は誠におめでとうございます。

ご両家の皆様、本日は本当におめでとうございます。

心からお祝い申し上げます。

お二人が今日のこの良き日を迎えられましたのは、3つの奇跡の物語があったからこそと感じておりまして、その物語を是非、皆様にご披露させていただきたいと存じます。

心を込めておめでとう
末永くお幸せに！

1つ目の物語は、Nさんが大学院生として、私が勤める○○病院に実習に来られたことです。Nさんと○○病院、そして私、縁もゆかりもあったわけではありません。Nさんのゼミの教授と私に親交があり、紹介していただいた経緯があります。ここから奇跡の物語が始まりました。2つ目の物語は、Nさんが○○病院に就職して下さったことです。Nさんから就職先の相談を受けた私は、○○病院ではなく、別の病院を紹介してしまいました。先方の病院幹部は大層喜ばれ、間違いなくその病院に就職されるものと思っておりました。大学院で看護管理を専攻されたNさんは、とてもバランスのとれた人です。仕事はバリバリできますし、一方、人との関係性を豊かに築くことのできる人なのです。そのように貴重なNさんを他の病院に紹介してしまったことを、随分後悔しました。結果的には、○○病院に就職して下さいました。これこそ奇跡以外の何ものでもありません。就職されてからのNさんは、新人教育の研修責任者として、優れた能力をいかんなく発揮され、○○病院の看護師教育を見事に確立して下さいました。上司、先輩、同僚、新人ナースに至るまで、また、医師、事務職の皆さんからも厚い信頼を得られ、大事にされ、Nさんは○○病院にとって余人をもって代えがたい存在となられました。かけがえのない仲間とも巡り合われ、公私共に順風満帆の日々であったと確信しておりました。

いよいよ新郎Sさんが登場される3つ目の物語は、Nさんが臨床倫理事例研究会の役員になられたことから始まります。この研究会は、今日ご列席のS先生、A先生の絶大なるご支援とご指導を受けて存続できているもので、新郎Sさんには指導者として常にご参加いただいております。Sさんは、誠実でやさしく、折り目正しくてとても格好いい人であると、役員はじめ皆さんから高い評価を受けておられ、研究会になくてはならない人です。そのSさんとNさんをなんとかしたいと思っていたことは事実です。
一昨年の2月、研究会のあとの懇親会でのお二人は、とにかく素敵でお似合いで、お二人にのみスポットライトが当たっているように感じられました。気がつけばお二人に腕を組んでいただき、写真まで撮り、メールアドレスの交換までしていただいておりました。

このように、奇跡の出会いをされたお二人は、その運命を継続され、今日のこの良き日を迎えられました。この間、Nさんは、○○病院にとってなくてはならない人、Nさんも仕事にやりがいを感じ、さらにと思っていた時期であり、かけがえのない仲間、姫路におられるお母様を思い、揺れ動く気持ちもおありだったと思われます。そのようなN

さんが、Ｓさんを選ばれました。Ｓさん、そのようなＮさんをどうぞ大事になさってください。

忍耐の庭に幸せの花は咲く……人生、耐えること、我慢することを避けて通ることはできないようです。

お二人にとってこれからの長い人生、耐えること、我慢することを忘れず、お互いの価値を尊重し、慈しみ合い、誰よりも幸せなご家庭を築いて下さい。

お二人の末永いお幸せを心からお祈りいたしております。

本日は、誠におめでとうございます」

【遊び心】

オペラシネマに魅せられて

私は「METライブビューイング」にはまっています。誘ってくれた友人に感謝です。オペラを映画館で観るなんて、3年前までは思ってもみませんでした。劇場で何度か観ましたが、字幕が左右にあり、それを追いかけているうちに物語がお留守になってしまいました。それに、S席と言っても大阪のフェスティバルホールの場合、チケットがとれるのが大体20列目より後ろです。歌手の表情なんて見られるわけもなく、観終わっても、「う～ん」と言い合うのがせいぜいでした。

ところが、オペラを初めて映画館で観た時には、なんて楽しくて素晴らしいのだろうと感激しました。多彩なカメラワークで歌手の表情をアップで見られるし、細やかなしぐさもアップになるので、何をしているのかよくわかります。「生のオーケストラでないとね」と言われる方もいますが、映画館でも臨場感あふれる大音響で、オーケストラや最高級の歌手の歌声を楽しむことができます。

オペラはわかりにくいと敬遠されがちですが、そんなことはありません。物語の粗筋を知らなくても、とてもわかりやすい演出なんです。「椿姫」「トスカ」「薔薇の騎士」「アイーダ」、お気に入りを挙げればきりがありません。

オペラは長時間に及ぶ演目もありますが、METライブビューイングでは幕間に歌手へのインタビューやステージ転換を見ることができるので、とても有意義な時間を過ごすことができます。お陰で数人の歌手やマエストロのファンになりました。

METライブビューイングは、映画館のゆったり豪華なシートに身をゆだね、絶妙なカメラワークによる最高のオーケストラや歌声で、非日常の世界を堪能させてくれます。しかも、数千円で！　オペラシネマファンがもっと増えるといいのにと思うこの頃です。

カタルシスをもたらすもの

あれほど好きだった車をこのほど手放しました。

好きな曲をかけながら、高速道路を走らせて、穂高を見に、年1度は出かけたものです。

「新緑の穂高」（上）、「浅春の穂高」（下）／著者作
穂高ばかり描いた時期があった

「奥入瀬」（上）、「薔薇」（下）／著者作
時を忘れて描いた日もあった

残雪をいただいた穂高、そして山の麓をやさしく包む新緑に出会うと、何故か涙が込み上げてきました。涙は、カタルシスをもたらしてくれるものではないでしょうか。

穂高は私にとっての聖地！　歳を重ねてもその思いは変わりません。

スキーは青春そのもの

スキー靴の入った重いリュックを背負い、スキー板を肩にかけ、駅のホームで待ち合わせ——団塊世代の私たちが若かりし頃、ちょっと優越感を覚えた光景です。

志賀高原はほとんどのゲレンデで滑りました。滑っている時も、アフタースキーでも、とにかく楽しみました。滑っている時には、素敵な人探しが面白くて。二人掛けリフトでは、好みに見える（ゴーグルまたはサングラスに帽子……全てを取り払った顔はわかりません）男性を選び、わざとその人と二人掛けできるように、並んでいる順番をずらすのです。そしていよいよ私の番が来て、うまく行きました。ところが話をしているうちに、高校生であることが判明しびっくり！　ということもありました。

友人の恋（？）のお手伝いもしました。格好いい人（そう見える）がそばにいたら、わざと転んでみるのです。そうすればすぐに助けに来てくれるはず。そんな悪知恵（?!）で友人をけしかけて実行。案の定、すぐにサーッと格好よく助けに来てくれた男性がいて、私たちは拍手喝采。その後の成り行きはご想像にお任せします。

アフタースキーで楽しかったのは、飲んで騒いだことです。当時、若い女性に人気のあったカクテル（バイオレットフィズ、カカオフィズ）を作り、よく飲みました。今ではもう見られませんが、あるホテルの軒先にできた氷柱をぽきんと折って、グラスに入れてかき混ぜると、本当に美味しかったのです！

スキーは、20代前半から50代前半まで毎年楽しんでいましたので、忘れられない思い出が沢山あります。でも一番忘れられないのは、若い頃に最も好きだった人と、奥志賀高原の手前にある焼額のゲレンデで過ごした時間です。何もかもがよかった！

今ではスキー人口が減っているそうです。すぐに上達しないものを好まない若者にとって、スキーは魅力的ではないのでしょうか。残念！

スマートフォンではなくスキーに夢中になれた団塊世代の私たちは、ある意味で幸せだったと思います。

雰囲気も大事⁉

息を呑むほどの夜景を目の前にすれば、さほど好感を持っていない相手であっても、目と目を合わせて赤ワインで乾杯などしようものなら、一気に好きになってしまう。これって単なる錯覚⁈　このような錯覚（⁈）は、非日常でしか経験できません。

こんなことも経験しました。スキーに行った私は、ホテルの支配人に心を鷲掴みにされてしまったのですが、その人と大阪で会ってみたら心がしぼんでしまいました。同じような経験をされた方がおられるのではないでしょうか。

錯覚であったとしても、ときめく時間を過ごせることが愛おしいのだと、妙に納得する私です。ときめく！　このキュンキュンする感情は、歳を重ねていくにしたがって、失われていくものなのですから。

花火に思う

花火に自分の人生を重ねる人もいるようです。

華々しく輝いて見事に散る。そう望んでも、なかなかうまくいきそうにありません。懸命に生きていても、死ぬほど頑張ってみても、輝く時もあれば陰る時もありますから。そんな難しいことはさておき、私は、花火を楽しむことに徹します。何故なら、花火師の皆さんが、技術・意地・心意気を結集し、一年かけて制作した尺玉を、ひたすら愛でたいから。いつかは、日本三大大会の一つでもある長岡花火を見物してみたい。感動するでしょうね。

ワインに魅了されて

ワイン人口は確実に増えています。

和食の店でも、居酒屋でも、必ずと言っていいほど、ワインが置かれています。フルボトルでも1000円以下のものがあり驚きますが、安いものには防腐剤が沢山使われているとか。防腐剤が多く含まれているワインをいただくと、翌日気分がすぐれない！ワインを楽しんでいる時間はもとより、翌日の爽快感と満足感も満たしてくれる銘柄を選びたいものです。ワインの味がよくわかっておられる方によれば、1000円と2000

円では、かなり美味しさに差がつくそうです。

ワインのお供には、人それぞれ好みがあるでしょうが、私は、旬の新鮮なフルーツ（イチジク、マンゴー、桃、シャインマスカットなど）を一品加えるのが好きです。ワインによく合います。

音楽を流しながら楽しむワインもいいものです。一瞬にちょっと気取って楽しむ時にはクラシック。一瞬にしてあの日に戻りたい時は、小田和正、サザンオールスターズ（桑田佳祐）、竹内まりや。悲しい気持ちに傾いている時には、演歌も。

ワインはどこまでも魅力的です。

魅力がつきないワイン（赤）

ワインの味は人柄を表すとか

ワインの味は、人柄を表すと言われます。

どのような味がどのような人柄なのか、よくわかりませんが、私の好きな味は、きっとよい人柄を表しているはずだと思い込んでワインをいただくと、さらに美味しく感じるのは、私だけでしょうか。

ちなみに私は、フランスボルドーの濃厚な味が好み（最近カリフォルニアのナパバレーの銘柄にも心惹かれています）ですが、このワインは、本当のところどんな人柄を表すのでしょうね。

ソムリエナイフの魅力

尊敬する歯科医師のU先生に、ソムリエナイフをプレゼントしていただきました。ご自分の好みも大切にされますが、何よりも贈る相手にとっての最善・最高を心掛けておられます。

今回いただいたナイフも正にそうです。刃を取り出す際に怪我をしないようにとの配慮も、選ぶ条件であったと伺いました。ハンドル部の色が、私の好きなブラウン

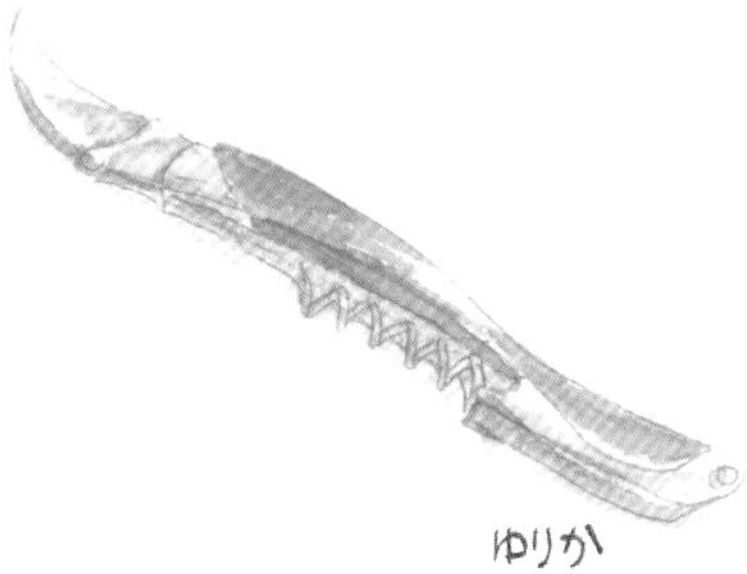

大事な宝物、ソムリエナイフ

であることも、大変気に入っています。

また、ナイフの刃紋の美しさには、作り手の心意気が感じられて、見入ってしまいます。使ってこそ意義があるのでしょうが、飾っておいて刃紋を眺めるのもおつなものです。

U先生のお陰で、また一つ、大切にする宝物が増えました！

ソムリエナイフのシンボルマーク

プロフェッショナルの象徴として名高いラギオールのソムリエナイフには、ミツバチのシンボルマークが施されています。無学な私には、ミツバチではなくてセミやハエに見えてしまいます。かと言って、落ち込む必要は全くないのです。ソムリエバッジをつけた格好いいソムリエでも、セミと答える人が少なくないと聞きますから。

何故ミツバチなのかをもう少し。博学な人である友人から得た知識や、インターネットから得た情報によれば、フランス・オーヴェルニュ地方ラギオール村出身の兵隊たちが、皇帝ナポレオンに戦場での勇敢さ強さを認められ、皇帝の紋章でもあるミツバチを彼らの剣につけることが許されたことが始まりとか。

ミツバチは、刺すと針と共に臓器の一部ももぎとられ命を落とすそうです。命がけで皇帝のために戦う兵隊たちを、ミツバチの一刺しに見立てたのかもしれませんね。ミツバチのシンボルマークの由来に心を馳せると、ソムリエナイフはどこまでも魅力が尽きません。

クリスマスに思う

今年は一人で過ごすクリスマス・イヴらしくない日、でもチキンとポトフを食べてワインも飲みました。

スイス在住とオランダ在住の友人からクリスマスの過ごし方を聞きました。家族で過ごす外国と日本とでは大分違うようです。

クリスチャンでない方は、毎年どんなクリスマスを過ごしますか?

Merry Crisis a Happy New Fear　壁の落書き
社会不安や戦禍のさなか、ヨーロッパの市中ではこんな落書きがしばしば見られた。
クリスマスをクライシスに、イヤーをフィアーに変えた「危機おめでとう、新しい恐怖に幸あれ」というパロディーだ。こういう悲しくも芯の強いウィットは逆に人々を強くつなぎもする。そういえば「メリー・クリスマス」には昔から「滅入《めい》り、苦しみます」というなんとも情けないパロディーもあった。

（２０１５年12月24日付朝日新聞「折々のことば」鷲田清一著）

【附】

母の川柳

ネコのあとつけて歩くもまた楽し

散歩するお供はいつも犬と猫

ネコはまたひなたぼっこでよい気持ち

大あくびネコは日差しのなかでねる

うちのネコ名前を呼ぶと返事する

電話口一声聞いて母安心

宅急便きょうもまた宝船

凍った地すべらぬように力いれ

冬の夜は風の音のみ通りすぎ

寒椿赤いつぼみはいつ開く

目がさめる立った歩けたありがたや

早起きで身体も心もリフレッシュ

おひさまの顔みて思わずアアうれし

目がいたむどうなることかと気がしずむ

不注意でくりかえすまい目のいたみ

節分に豆まきすませほっとする

福豆は年の数だけたべるとか

石手寺のにぎわい浮かぶ節分の

青い空山の緑がめにしみる

どこからか焚火の煙しのびよる

忍耐の心ができる年になり

ひっそりと畑のすみで梅の花

タンポポはいつもの場所が好きみたい

ふとみれば川面を鳥が飛んでいき

如月にチューリップは花開き

風がふくチューリップに添え木する

人目引くチューリップの赤い色

寒風にけなげに耐えてる冬の花

サクラソウかた寄せ合って身を守る

サクラソウかた寄せ合ってなにかたる

毎年実家の花壇に咲いた花、
チューリップ

散歩道で春を感じた花、
タンポポ

寒い日は花をみるのもためらわれ
寒い日は首うなだれて花あわれ
日が当たり花たちみんな笑顔する
つゆ草は朝露に元気もらってる

朝の散歩を楽しませてくれた花、
つゆ草

第2章　看護職者として

やりがい、喜び、誇りを
持ち続けるために

～看護への情熱を共に～

時代は、確実に変化しています。
しかし、いかなる変化があろうとも、やりがい、喜び、誇りを持ち続けたい。
そのためには、看護の質、環境をどのように考えればよいのか。
答えを出し、実行することが求められます。

【現在そして未来へ】

ピアとしての看護師

在宅医療を描いた映画『ピア～まちをつなぐもの～』を観ました。

エリート医師から一転して小さな医院を継ぐことになった若手医師が、悩みながらもケアマネジャーや仲間と共に在宅医療に懸命に取り組み、やがて人として成長するストーリーです。

観終わって感じたことは、看護師の存在が極めて希薄ということでした。多職種の飲み会でそれぞれの専門職が、自分のできることを、誇りを持って述べるのですが、その場面に看護師が登場しないのです。また、訪問診療の場面でも、医師に付き添った看護師は確かに存在するのですが、何をするわけでもありません。在宅医療において、看護師の専門性がどのように描かれているか楽しみにしていただけに、残念に思いました。

在宅医療において、ピア（仲間）としての看護師が果たしている役割は、とても重くて感動的な場面も多々あると思うのです。もっとアピールする機会のあることを願ってやみません。

看護職副院長への期待

看護職が副院長になる、このことは大変歓迎すべきことです。では、看護部長が副院長と兼務になって、何が変化したでしょうか。ステータスという面で向上したことは間違いありません。さらに、それ相応の役割が与えられ、病院側への発言に重みが増していることも窺い知れます。

しかしそれは、責任が重大だということを意味します。副院長として果たすべき役割は沢山あるでしょうが、その中の一つである病院経営改善への比重はさらに増しているのではないでしょうか。

経営改善にどのように貢献するのか、副院長兼看護部長としてビジョンを描く時、頭を悩ますことも多いと思われます。

気がかりは、病院において大多数を占める看護師の人件費抑制についてです。病院会議では、そのような議題が挙がることもあるかと思われます。

看護部として必要な看護師の数をどう計算するのかも難題です。看護加算ギリギリの数にすると、病欠や出産などでたちまち調整が大変な状態となり、質の維持も難しく、やる気をなくす看護師が出ても不思議ではありません。これでは看護部全体の士気が落ちるのは当然であり、一度落ちた組織は、回復に相当の時間が必要となります。

後輩が育ちにくい（育てにくい）と言われる昨今、質を保つためには量（数）も必要です。計算上の数だけでなく、臨床現場の声によく耳を傾け、実際に現場を自分の目で確かめることを通して、必要な看護師数の確保に心を砕いてほしいと願います。

看護部長は看護部を統括する者として、看護師がいきいきとやる気であふれる看護部組織を作り上げ、看護の質をより高める努力を通して、病院経営に貢献する。つまり、患者さんから、そして職員から選ばれる病院にする役割を通して、経営参画すべきではないでしょうか。

勿論、副院長としての役割を果たす努力をする一方で、看護職だからこその発想から生まれたビジョンを、病院側に提案することも重要であることは、言うまでもありません。

ここのところ、専任の副院長も誕生していますので、どこでどのような役割・業務が行われているのか、また、病院からどのような役割が求められているのか、さらに能力向上にどのような研鑽を積んでいるのかについて、可視化する手立てがあればと思います。役職に見合った働きとはどういったものなのか、それを標準化できるかどうかも課題であるように感じています。

特定行為に係る看護師

国は2025年までに、特定行為に係る看護師10万人超の養成を目指していますが、2019年9月現在、「特定行為に係る看護師の研修制度」研修修了者総数は1954名(厚生労働省ホームページより)にとどまっています。

特定行為に係る看護師の養成は、もともと在宅医療、介護分野で必要とされたのではないでしょうか。これまで研修修了者(以下、特定看護師)が就業している場所は病院がほとんどで、訪問看護ステーション、診療所、介護施設には少数だと聞きます。病院で特定看護師が就業しているのであれば、専門看護師や認定看護師、看護師との関係性はどうなっているのでしょうか。特定看護師が専門看護師、認定看護師、看護師に指示する場面が発生することもあるということになるのでしょうか。特定看護師は、看護部組織図にどのように位置づけられるのでしょうか。実際は、医師の組織に属して活動するのでしょうか。まだまだスッキリしないことがあります。

特定看護師が手技を行う場合、患者さんにどう説明するのでしょうか。ナース・プラクティショナー（NP。一定レベルの診断や治療などを行うことが許される看護師）とはどのような関係性になるのでしょうか。

知人が勤める大学病院や地域中核病院は、特定看護師の「指定研修機関」指定に向けて、準備を進めているとか。ここで、また疑問が湧いてきます。すでに、あちこちの施設が「指定研修機関」に指定され、特定看護師の養成が進められていますが、教育面での質のばらつきは無いのでしょうか。また医療安全は保たれるのでしょうか。私の学習不足なのでしょうが、疑問ばかりが湧いてきます。今後、スッキリと整い、誰もが理解し納得し安心できる制度・体制になっていることが期待されます。

看護のやりがい、喜び、誇りを持ち続けるために

専門看護師、認定看護師、そして今度は特定看護師が加わります。医療行為に重点を置

く特定看護師が増加することによって、看護師の意識ややりがいに変化が現れはしないでしょうか。患者さんに寄り添い、つらさを受け止め支え、共に考える営み、また専門職としてケアを実施することによって、患者さんが心を開き、健康を取り戻そうと変化するプロセスに喜びを感じるなど、「私の患者さん」「私の看護師さん」という関係性は、もはや過去のことになってしまうのでしょうか。現在、研修を修了し特定行為を実施している看護師は、皆さん多分やりがいがあり、周囲から力量を認められた（つつある）存在であろうと思います。しかし、これからさらに増加していくであろう特定看護師には、医師の指示書をもとにひたすら医療行為を行うだけの存在ではなく、そこには当然ケアリングの力が求められます。

日々患者さんに寄り添う看護師が、ケアリング力の備わった特定看護師と協働することで、看護の喜び、やりがい、誇りを持ち続けられるよう願っています。

真のチーム医療の一方で

真のチーム医療を実践している病院が増えてきていることを実感する時代になりました。

多職種が連携し、それぞれの専門性を発揮することによって、患者さんにもそのご家族にも満足のいく治療・ケアを受けていただけるようになったと感じます。チーム医療に参画しているある看護師は、「患者さんを生活者という視点で捉え、常にＱＯＬ（クオリティ・オブ・ライフ＝生活の質）を支えることに全力を傾ける」と話してくれます。その一方で、患者さんやそのご家族が悲しくなるような看護師が存在することも否定できません。

お母様が入院され、友人が付き添っていた時の話です。その病院は、どうやら入院から退院までを一人の看護師が担当するプライマリーナーシング看護方式を採っていたと思われるとのことですが、３年目の看護師が受け持ちとなりました。情報収集で病室を訪室する時は、パソコンを載せたカートを押して入室し、「お熱測ります」「血圧測ります」「胸の音を聴かせてください」以外の言葉はなく、測り終えるとパソコンに向かって入力作業を行い、「また来ます」と言って退室。この繰り返しです。お母様はこの受け持ち看護師が来ると決まって目をつむり、「はい」以外は発言しない（できない）とのことです。「電子カルテになり、様々な情報を入力しなければならない現状は理解できるものの、流れ作業をしているとしか思えない」と友人は言います。「生活援助をする時も、黙々と実施するのみで、会話らしい会話もなくて、悲しくなる」と嘆きます。どこかで、何かで、誰かのせいで、看護のあるべき姿をなくしてしまったのでしょうか。看護の質の良し悪しを、そして、看護師個々の仕事のやりがいや達成感を、常に見極める人（管理者でしょうね）とシステムが必要なのだと強く思う事例でした。

看護臨地実習でのマスク

私が病院へお見舞いに行った時の話です。入院していた知人には、看護大学3年生が受け持ちとして付いたとのことで、間もなくして、教員と学生が病室にやってきました。二人ともマスクを着けて。「受け持ちをさせていただく〇〇です。よろしくお願いします」と教員、「〇〇です。よろしくお願いします」と学生が挨拶。

その後、教員は退室し、学生が残り、情報収集をして知人の今日のスケジュールなるものを説明します。

しかし、何故マスクを着けているのか、結局説明がありませんでした。「マスクをしていると、顔の表情が見えないので嫌いだわ」と知人は言います。初対面の人であればマスクなしの顔を見せて挨拶し、必要性を説明したあとでマスクする、これって普通のことです。「どうなっているのかしら」と二人で半ば呆れてしまいました。ちなみに、知人には感染症があるわけでもなく、病院内で他にマスクしている看護師を見かけることもありませんでした。一体、大学にはどのような理由があるのでしょうか？

今やアクティブ・ラーニングの時代

小学校6年生の授業参観に参加させていただく機会がありました。授業参観なんて経験したことのない私は、どんな服装で行けばいいのかと迷ったり、どんな環境でどんな先生がどんな教え方をするのかなど、様々な興味と期待でワクワクしたものです。そして開始のチャイムが鳴り、なんと予想を優に超える授業が始まりました。小学生にして「アクティブ・ラーニング」が取り入れられていたのです。アクティブ・ラーニングとは教員による一方的な講義形式の教育とは異なり、学修者の能動的な学修への参加を取り入れた教授・学習法の総称（文部科学省　用語集より）。私たちの高度専門職者教育では、今では当たり前のことですが、小学生が……と、驚きました。

その手法は、ＤＶＤを視聴し、グループワークを行い、出た感想・意見をまとめてグループごとに発表するというものでした。DVDは、小田和正の楽曲「たしかなこと」をバックに流しながら、知的障がい者の誕生から成長を記録したもので、大人である私にも大層重い内容であり、途中で何度も込み上げてくるものがありました。

グループ発表では、重い内容の物語を真剣に語り合ったことが伝わってきて、小学生がこんなにも純粋に深く考えることができるのかと、感銘を受けました。

文部科学省が推進しているアクティブ・ラーニングは、各教育機関で導入が進んでいますが、言葉のみが先行し、表面的な学びで終わることも少なくないと報告されています。

私たち看護の世界でも、はたして効果的な学習ができているか、つまりアクティブ・ラーニングの重要な視点である「主体的な学び・対話的な学び・深い学び」ができているのかどうかを検証しつつ、さらに質の高い教育を目指していく必要があると感じた授業参観でした。

看護管理者支援プロジェクトを立ち上げて

2013年4月、看護管理者支援プロジェクトを立ち上げました。リーダーシップPM

理論（「目標達成機能」と「集団維持機能」を満たすことでリーダーシップを発揮することができるという考え）で著名な「集団力学研究所」が母体です。

看護管理者支援プロジェクトは、

1．看護管理者の臨床現場での在りようの変化を促す
2．看護職員が学習意欲を継続できるように支援することにより、看護管理者の精神的支援につなげる
3．看護管理者が夢のビジョンを描き、その実現に向けていきいきとした組織を実現できるように支援

の3つの目標を掲げ活動をしています。

組織において重要な役割を果たすことが期待されている看護管理者は、常に学ぶことを通して、自己の在りようを変化させる必要があります。
学ぶ場として、研修、公開講座などが様々な機関で実施されていますが、受講するチャンスの少ない看護管理者も多くいると思われます。向学心のある看護管理者にはそ

の意識がさらに向上するように、学習方法が見出せない方には、向上するための仕組みが必要です。厳しい医療現場で仕事をする看護職員が幸せを感じるためには、看護管理者の在りよう次第であるといっても過言ではありません。そして、幸せな看護職員がケア提供者であれば、患者さんや家族の皆さんに幸せを感じて頂けると信じています。

このような状況を踏まえて、決して営利に走るのではなく、高名かつ素敵な講師の先生方にご講義頂き、看護管理者の変化に資すること、精神的な支援を行うためのプロジェクトです。

（一般社団法人集団力学研究所ホームページ「看理管理者支援プロジェクト」より）

皆様に支えられての看護管理者支援プロジェクト

当プロジェクトは、活動を始めて8年目を迎えました。

このプロジェクトも、S先生との不思議なご縁がなければ、実現しなかったでしょう。

S先生との出会いは、S先生も私も20代のころ、私が愛媛大学医学部附属病院の創設にかかわっていた時の師長研修でした。

研修テーマは、当時大変注目されていた「リーダーシップPM理論」。S先生は、PM理論の創始者、三隅二不二先生の直弟子でした。それ以来、「リーダーシップ研修」を行う度に、いつも講師をお引き受けいただきました。

私は看護部で様々な研修を実施してきた経験から、組織の要である看護管理者の能力向上こそ喫緊の課題と考えるようになっていました。これがきっかけになって、看護管理者支援プロジェクトの立ち上げを強く望むようになりました。

私は現役を退く直前の2013年1月、S先生に「看護管理者支援プロジェクト」を実施したいと協力を求めました。S先生は即座に同意して下さり、プロジェクトを始めることになりました。

でも、いざ始めるとなると、細かいことから大きなことまで、本当に沢山の事柄を処理する必要があることが、初めてわかりました。S先生は、二人の強力な同僚を選ばれて、私の負担をできる限り軽減して下さいました。

S先生はじめ皆様には、プロジェクトの創設から無償で業務分担していただいており、感謝の気持ちで一杯です。プロジェクトは、そのような方々や研修当日の担当者（「エンジェル」と呼んでいます）に支えられて、継続できているのです。

看護を取り巻く状況が飛躍的に変化しているこの時代、看護の未来予想図を描きながら、職場の異なる参加者の相互啓発という強みを活かした学びの場を、看護管理者支援プロジェクトを通してこれからも提供したいと願っています。

【事例で語る管理】

懐に忍ばせるもの――それは短剣

短剣を忍ばせる、なんだか穏やかではありません。でも大丈夫です。

看護部長であれば、日々各部署から報告される事項、病院全体をラウンド（巡回）することによって得られる情報、患者さんから寄せられる貴重なご指摘などを踏まえて、幾つもの夢（ビジョン）を持つことでしょう。それらをどう実現するのかを考えてワクワクするはずです。看護部内で実現するにしても、病院のトップ会議で提案するにしても、協力者の存在が欠かせません。この協力者のことを、私は切れ味のよい短剣に見立てます。看護師長会議で忍ばせる短剣とは、常識的な言動のとれる（普通の感覚の人）師長と、まっすぐに物事を見て周囲に惑わされることなく進言できる師長を指します。

これらの師長に、私の意向を伝えることは、敢えてしません。看護師長会議で夢（ビジョン）を語りながら、二人の表情・動作を注視するのです。私の発言に小首を傾げたり反応がない場合には、目標設定の変更を決断します。また、頷いたり表情がよければ、高い目標のビジョンでも推し進めることが可能と判断します。

病院のトップ会議で忍ばせる短剣、それは、日頃からこの医師であれば大丈夫と思える協力者のことです。協力者になっていただく医師とは、様々な場面で信頼関係を構築しておかなければなりません。会議の席では、病院内で実現したいビジョンを提案するのですから、予算を伴います。様々な意見が出たところで、私は、必ず協力者の医師に目を向けることにします。高い目標のビジョンであればあるほど、実現するには協力者が必要です。協力者を選ぶ眼が曇らないようにしなければなりませんね。

やる気にさせる具体をもう少し——いきいきピチピチ組織に

第1章でも、「人をやる気にさせるには」について述べました。ここでは、現場で実践し、効果が見られた方法について述べてみます。

一時ブームになったかと思いますが、仕事を楽しむための4つのコツ（態度を選ぶ・遊ぶ・人を喜ばせる・注意を向ける）、「フィッシュ！」（『フィッシュ！　鮮度100％ぴちぴちオフィスのつくり方』スティーヴン・C・ランディン、ハリー・ポール＆ジョン・クリステンセン著、相原真理子訳、早川書房）という言葉を皆さん覚えておられますか？　現在も実践されている病院があるかもしれません。私が実践したことは、4つのコツを最も実践したスタッフを部署全員で選び、その人を表彰するというものです。

表彰状には魚1匹（決して鮮魚ではなく熱帯魚のミニフィギュア）を添えます。フィギュアは10種類の中から選んでもらうのですが、一番人気はクマノミでした。選ばれしスタッフは、たかがフィギュアの魚1匹ですが、宝物として大事にしたことは言うまでもありません。この方法は、各々の部署での雰囲気を変えました。コミュニケーションがよくなり、お互いに仕事を助け合う組織文化の醸成にも役立ったのです。

私が実践したやる気にさせる方法は、ほんの一例に過ぎません。方法は、幾らでもあります。要するに、やる気にさせる仕組みを作ることなのです。トップダウンではなく、看護部全体で仕組みを作り、一人一人が楽しみながらやる気になれたら、組織はきっと変化するはずです。

感動を分かち合うということ

部署では、看護師が様々な感動体験をしています。患者さんとの心温まるエピソードや、患者さんを尊重した看護師の言動、さらには、患者さんの人生の最終章に家族、医師、看護師が選んだ道とは？　など、心に残る事例が沢山存在します。この貴重な体験は、部署で共有されることはあっても、ラウンドの際にも、看護管理室にも報告されることは皆無で、大変残念に思っていました。

オキザリス
感動を分かち合う喜び

ある日、一人の師長が「聞いて下さい〜」と駆け込んできたので、クレームの報告かと少し身構えましたが、なんと感動体験の報告だったのです。師長と何度も握手をして、喜びを分かち合いました。その後、各部署から報告される感動体験は、師長会で報告し、さらに病院トップ会議の席でも折に触れて報告することになりました。

感動体験の事例をいくつか紹介します。

［事例1］

ある病棟では、4月になると患者さんたちと近くの公園にお花見に出かけます。車椅子の患者さんもおられます。入院してから一度も笑ったことのない患者さんが、笑顔で満開の桜を見ています。いよいよ帰院する時間になると、一人の看護師が師長に、「少しだけ、ほんのひとかけらでいいんです。この桜を取ってはいけませんか?」と尋ねました。理由を聞くと、取っていけないことは十分わかっているけど、病院にいる寝たきりの患者さんが、一緒に花見に行けないのを大変残念がっていた、もう来年はないかもしれない、だから、ほんのひとかけらでもいいので持って帰ってあげたいとのこと。考えあぐねた結果、病院事務部の協力を得て、院内の桜の枝をほんのひとかけら持って帰り、患者さんに差し上げました。患者さんが涙ぐまれ、看護師も胸が熱くなったそうです。

［事例2］

ある病棟でのこと。患者さんにお食事を病室ではなく、明るくて眺望のよいデイルームでとっていただこうと車椅子で移動しました。車椅子から椅子に移動していただいて、看護師が食事を取りにその場を離れた間に、患者さんが椅子からズリ落ちてしまったのです。患者さんには怪我がなく幸いでした。

この時の看護師の発言がよかったのです。ともすると、「動かないでと言ったでしょう！」というような発言になるのでしょうが、この看護師は違っていました。「ごめんね〜、どうしたかったの？」と。患者さんは、「テレビのリモコンを取りたかった」とおっしゃったのです。リモコンは手に届くところにありませんでした。看護師は、「ごめんね、気づいてあげられなくて」と謝ったそうです。これは、師長が患者さんから伺った話です。

［事例3］

ある病棟に、終末期で苦しくて、痛みもあって、あまり会話をされない患者さんがいらっしゃいました。看護師が訪室しても会話はなく、看護師は心を込めてやさしく足のマッサージをしながら、「ごめんなさい。何もできなくて……」と言ったのです。そうすると患者さんが、「いいや、あんたがいてくれるから、心があったかいよ」と言ってくれたそうです。涙が出そうになった看護師から師長に報告があった話です。看護師がやさしく触れることで、オキシトシンが分泌され、患者さんの痛みや不安がほんの少しでも軽減されたのではないかと思われる事例です。

［事例4］

ある病棟でのこと。余命3か月の患者さんがおられました。40代の女性で、埼玉県でキャリアウーマンとしてばりばり仕事をしていましたが、病気になり、どんな治療を受けても一向によくなっていかなかったのです。当然患者さんは、「がんではないのですか？」と質問されます。そして「もう一度埼玉に帰りたい。しなければならないことがあるの」と涙を流されるのです。看護師は、患者さんの埼玉に帰りたいという気持ちに寄り添った上で、告知することを勧める立場で、医師は、「がんとは伝えないで下さい」と言うご家族の意向を尊重して、告知すべきではないという立場。「がん」と知った患者さんを支えるのはご家族であることをおもんぱかっての医師の判断でした。
家族も同席しカンファレンスを重ね、結局告知することになりました。医師は患者さんに、「がん」という悪い知らせを、涙を流しながら伝えたそうです。その医師に看護師は、「よく頑張られましたね」と労いの言葉をかけたそうです。患者さんは埼玉でやらなければならないことをやり遂げることができましたし、ご家族も「本当のことを知らせていただいて本当によかった」と感謝されたとのことです。

部署から報告される感動事例の数には差が出ます。それは、管理者の在りように関連しているように感じます。患者さんの傍らに寄り添う看護師の日々には、過酷ではあるけれど、人と人なればこその温かい血の通った物語が紡がれています。管理者には、その物語を敏感に感じ取り、感動する感性を持ち合わせてほしいと願います。そして感動を分かち合う存在であってほしいと願います。感動を分かち合う！　このことは、看護部全体の士気を高めるばかりでなく、〝看護の力〟を他職種に示す絶好の機会となり、チーム医療に刺激を与えることにもなるのです。

答えは面談を希望した人の中にある

管理者であれば役割・職種を問わずいろいろな人から面談を希望されることがあると思います。面談を承諾したのなら、きちんと準備するのが普通のことです。時間の確保であったり、自分の感情のコントロールであったり、できれば面談希望者の直近の状況を知っておくとよいと思います。面談中にちらちら時計を見られると、このまま続けてよいのかと感じさせて、話す意欲を削いでしまいます。まして、感情のままに結論を言われてしまうと、「聞いてほしかっただけなのに」と、面談希望者が満足の得られない状態に陥りやすいと思われます。

とにかく〝聴く〟ことに徹しましょう！ 真剣に〝聴いている〟ことが伝わるように、相槌や質問を忘れずに。面談を希望するのは、自身の考えや行動が間違っていないかどうかを確かめたい場合がほとんどではないでしょうか。たいていの人は、答えを自身の中に持っているのですから。

否定する時に相手の感情反発を起こさない方法

学会・研究会の発表論文の添削や企画書の確認などをしていると、否定すべき箇所に遭遇する経験がありますよね？　私は結構いきなり指摘してしまい、失敗した経験があります。いきなり否定してしまうと、的を射た指摘であっても、反感を持たれてしまいがちです。

そこで、〝yes　but〟の法則を使ってみると、失敗が少なくなりました。「そうですね」や「いいですね」と相手の考えを肯定したあとで、「しかし」とか「とは言え」などの接続詞を加えてこちらの考えを提案するという方法です。勿論、肯定したあとで、相手の意見に沿うように話を進めることや、相手の反論理由を明確にしていくことも重要です。こうすると相手の気分を害することなく、「なるほど」とか「そう言われればそうですね」と受け入れてもらえるようになりました。

成長を期待するメッセージだった！

今年いただいた年賀状の中に、〝嬉しいな～〟と感激した一文がありました。それは、「仕事でいろんなトラブルがあった時、いつか研修でお話しして下さった、〝人のせいにしない、環境のせいにしない〟という言葉が、今、一番私を支えて下さっているように思います」というものです。多分もう14、15年前の研修で発した言葉だと思いますが、このように覚えてもらえていることに、幸せを感じずにはいられないのです。

この幸せな気持ちを届けてくれたIさんは、病院の採用試験（面接、作文を含む筆記試験）でトップの成績で入職。控え目だけど芯が強く、真面目で責任感が強く、物事を遂行して目標を達成する、誠に申し分のない人材でした。院内で新たに開設された大きなプロジェクトに、看護部として誰を送り込むかという場面になった時、私は何の迷いもなくIさんを推薦しました。プロジェクトを軌道に乗せるために、期待通り貢献してくれたことは言うまでもなく、今でもよく覚えています。

問題が発生した時や、何かトラブルを経験した時、人や環境のせいにしたくなることがあるかもしれません。私は、「言い訳など聞きたくありません！」と厳しいことを言ってきたのですが、それには訳がありました。人や環境のせいにして、解決すべき物事から目を背けていると、必ずと言ってよいほど同じことを繰り返すのです。そうならないためにも、問題を自分の中心に置いて、自分を見つめる、自分に返す、という試練の必要性、〝成長のためには、試練に耐えてこの苦難を乗り越えてほしい〟という強いメッセージを送っていたのです。試練を与えられた人は、見所があった、期待されていた、ということにもなりますね。

「あの試練はしんどかったな〜」と、どのくらいの人が思い出すでしょう。結構沢山いるかもしれませんね。

第3章　母の愛猫――チララのひとり言

いまだに癒えることのない
心の痛みと向き合うために

〜チララが
思いの丈を語ります〜

チララとは、私の母（ヒデ子）が家族同様に可愛がり頼りにしていた猫なんです。
母はチララと寄り添うことで、一人暮らしを続けることができたのです。
この章では、チララの目を通して母と私の思い出を語ってもらいましょう。

はじめまして、ヒデ子さん、富子さん、ゴン兄ちゃん

ワタシ、チララは、もうすぐ雪がちらちら舞う12月のはじめに、ヒデ子さんとゴン兄ちゃん（犬）が住む福岡家の家族になりました。その日は奇しくもヒデ子さんのご主人の命日とかで、何かしら運命を感じました。ワタシと一緒に暮らすことになったヒデ子さんは、ワタシが福岡家に到着した時、もう一匹、一緒に連れられていた真っ白の猫に魅了されたとか。内心、あっちがいいと思ったとか（まあ～なんてことかしら）。ゴン兄ちゃんは、小首を傾げて、でも嬉しそうな表情で、ワタシを見ていました。

ワタシは、チンチラとシャムとの間に生まれた血統書付きの女の子なんです。体は黒色（少ーしブラウンがかっていて、下毛はグレー。魅力的な色合いだと自分では思うの）の毛がふかふかもふもふ。尻尾はタヌキ（この表現は嫌なんだけど）のような、これまたふかふかなんです。眼はエメラルドグリーン、足は黒いビロードのように輝いているんですよ。

福岡家に来て数日過ぎたある日のこと、ヒデ子さんの娘の富子さんが、ワタシを観察し

に大阪から帰ってきました。富子さんの第一声は「お母さん〜、やせて黒い猫どこ？」ですって。おもむろに姿を現したワタシを見て富子さんは、突然大声を出し、「お母さん、この猫すごい猫やわ〜。この子買《こ》うたらめちゃ高いよ！　タダでもろたん？」って、これにはワタシも驚きました。それからというもの、ヒデ子さんの態度ががらっと変わりました。そうそう、名前の由来を説明しないといけませんね。もうすぐ雪がちらちら……という出会いの季節から、チララという可愛い、ちょっと品のある（?!）名前になりました（富子さんの親友が名付けたとか）。

かくして福岡家の家族となったワタシは、ゴン兄ちゃんと協力して、ヒデ子さんに寄り添い守り続けることを誓うのでした。

ヒデ子さんとの日常

ワタシは血統書付きだけど、外で遊ぶのが大好きなんです。窓から外を眺めていると、ヒデ子さんはすぐにワタシの気持ちを察してくれて、遠くへ行かないように長〜い紐（ワンちゃんなら差し当たってリード）で縛ってくれました。なんでも血統書付きの猫は、肉球の辺りからバイ菌が入ってお陀仏になることが多いと聞いたんですって。でも、結わえてくれた紐を外すくらい簡単なこと。迎えに来たヒデ子さんは、ワタシがいないのでびっくり。「チララちゃ〜ん」と名前を呼んでくれます。ワタシは、「ニャ〜ン（は〜い）」「ニャン？（はい？）」「ウウン（はい〜）」など、いろいろな種類のお返事をします。紐で縛っても、いつも外していなくなっているので、そのうち、紐なしの首輪（赤色で気に入ってます）を付けてもらって外へ出るようになりました。

ヒデ子さんは大変忙しい人で、いろいろな役職を務めていましたので、会合によく出かけました。ヒデ子さんが留守の間、ワタシとゴン兄ちゃんは、仲良くヒデ子さんの帰りを待ちました。ヒデ子さんは、出かけない日は裏の畑で、富子さんに送る野菜を丹誠込めて作っていました。ワタシはそんなヒデ子さんのそばで、ゴロンゴロン。ヒデ子さんは、もっとも出来のいい野菜を選んで、富子さんに宅配便で送っていました。富子さんが喜んでくれるのが、何よりも嬉しかったようです。

ヒデ子さんは必ず就寝前に、仏様とお大師様に「今日無事に過ごさせていただいたこと」のお礼と、「富子さんが元気で仕事できますように」と祈っていました。ヒデ子さんにとって富子さんは、生きがい以外のなにものでもなくて、ひたすら元気でいることを願っていました。富子さんが40歳の頃、一時体調不良を訴えたことがあったそうですが、その時には一日5、6杯飲んでいた大好きなコーヒーを断ち、富子さんの回復を祈願したそうです。

富子さんは間もなく元気を取り戻し、ヒデ子さんに感謝したと聞きました。ヒデ子さんとワタシは、ヒデ子さんが外出する時以外いつも一緒に過ごしました。ヒデ子さんは、歳を重ねてもすらすらと手紙を書いたり、毎日、新聞を読んだり（朝日新聞の社説がお気に入りでした）、身なりをきちんと整えて、背筋をピンと伸ばし、誇りを持って日々過ごしました。ワタシはいつも、すごいな〜と感心していました。

ヒデ子さんから富子さんへのメッセージ

富子さんは2、3か月に一度は実家に帰ってきました。いつも沢山のお土産を持って。勿論、ワタシとゴン兄ちゃんへのお土産も忘れずに。ちなみにワタシの大好物は、シュークリームのクリーム。ぺろぺろなめていると、あまりの美味しさについつい目を細めてしまいます。ゴン兄ちゃんの大好物はケーキ。ゴン兄ちゃんの食べっぷりは豪快そのもの。パクリと一口で食べてしまいます。

ヒデ子さんへのお土産の中には、富子さんの友人、知人からの品がありました。ヒデ子さんは、富子さんに常に、しっかり恩返しするようにアドバイスしていました。また職場での話を聞き、目上の人に礼を尽くすことや、部下の皆さんへの愛情（これはご主人からの教えでもあるとか）の大切さを伝えていました。

このメッセージは、富子さんが幼い頃から伝えられていたそうで、しっかり身についていたようです。

母、チララ、ゴンの大好物

富子さんからヒデ子さんへのメッセージ

富子さんは、ヒデ子さんを大変大事に思っていましたが、それを口に出すことはほとんどなく、むしろ行動で示すタイプでした。朝と夜に時間を決めて電話で話をする習慣も、一日も欠かすことなく続けているのには驚きました。また、富子さんはヒデ子さんに、週1回宅配便（食品）を送っていて、ヒデ子さんはそれを「宝船」と言って喜んでいました。

富子さんの最大の心配事は、ヒデ子さんをいつまでも一人暮らしさせられないということでした。ヒデ子さんは時々大阪に出かけていき、一人で梅田で買い物をするような人でしたので、大阪で一緒に暮らす算段をしている富子さんに、「迷惑かけたくない」と口にしながらも、内心は嬉しかったと思います。かくしてヒデ子さんは、富子さんと大阪で暮らすようになり、10年の歳月を一緒に過ごしました。

ワタシから富子さんへのメッセージ

富子さん、貴方は、ヒデ子さん亡き後、「母へ」という題で、ヒデ子さんへの思い、喪失感、後悔の念を綴っていますね。その念は、緩和されることなく続いているのがよくわかります。

母へ
97歳でこの世を去ったかけがえのない母。
いつも私を守り、慈しみ、助けてくれた母。
もっともっと一緒に語りたかった、もっともっと楽しい思い出を作りたかった、
もっともっと一緒に歩きたかった……それなのに。
今日も私は、お母さん、貴方に謝罪せずにはいられないのです。
どうしてあの時、あんなことを言ってしまったのか、
どうしてもっとそばにいてあげなかったのか、

どうしてもっとやさしい言葉をかけなかったのか、
どうしてもっと一緒に食事しなかったのかと。
他の人から「あれだけ大事にしてあげたのに」と言ってもらいますが、
それで心の痛みが癒えることはないのです。

富　子

でも富子さん、17年間もヒデ子さんと寄り添ったワタシが今貴方に、もっとも伝えたいこと、伝えなければならないことがあります。
それは、〝ワタシから見たヒデ子さんは、間違いなくとても幸せでしたよ！〟なのです。

富子さんからワタシへのメッセージ

チララ！　貴方の独り言で救われたような気がします。母から受けた有形無形の愛情を何よりも大事にして、母からのメッセージを私自身の人生の最終章まで忘れずに、「ちゃんとしっかり生きたでしょう」と言えるように、これからの日々を過ごしていこうと心に誓いました。

お母さん、そしてチララ、ありがとう‼

大切な人、最愛の人を亡くした悲しみ、喪失感、罪悪感が癒えることなく生きておられる方が、少なからずおられることと思います。私もその一人です。

今回、過ぎ去りし日の母との物語を紡ぐことで、よいことも沢山あったと、ほんの少しですが、思えるようになりました。つらい気持ちが完全に癒えることはないにしても、よいこととの折り合いをつけていければ、どうしようもなくつらくなる〝時〟を、少しでも穏やかな〝時〟に変えていけそうに思うのです。

母へ、心を込めてありがとう！

おわりに

一人の人として、看護職者として、思うこと、感じること、期待することをまっすぐに見つめ、文字にすることができました。このことは、繋がり支えあい〝生きる〟ことの意味を、改めて問い続けることにもなったのです。

誰かと繋がること、支えあうことは、誰にとっても必要なことですが、どんな人と出会うのか、出会えるのかが、その後の生き方を左右するのだと思います。人生、必ず誰かと出会う、この不思議な縁が、自分にとっても相手の人にとっても、輝くものとなるように努力することが、肝要なのだと思うのです。

時代は著しく変化し、ＡＩ時代になりつつあります。ＡＩの進化がもたらす影響は、医療・看護については言うまでもなく、私たちの日々の生活においても、避けて通ることのできない時代になってきました。ＡＩと協働することは勿論必要かつ大事なことですが、人と人との営み・絆が希薄になることは避けなければならないと思います。「人間の免疫力、自然治癒力は、孤独感や疎外感によって劇的に低下し、つながりによって回復する」と言われています（文化人類学者上田紀行著『スリランカの悪魔祓い』徳間書店より）。この「繋がり」が、人とロボットによってではなく、人と人であってほしいと願います。ＡＩが人間の知能を超える時代が来ようとも、人と人が支えあい、豊かな社会を築き上げることこそ、人間として生きる意味があると感じます。

看護は、人と人との繋がりの中で輝く仕事であると思います。看護職者は、患者さんをかけがえのない一人の人として尊重し、その生命と向き合い、寄り添い、〝生きる〟を支えあえる存在です。看護職者は、プロとして、高度な知識・技術を駆使して命を救う、当然必要なことです。その一方で、患者さんが紡がれる物語に、その人らしい光、輝きを見出していただくことも重要なことなのです。それはとても重く、共に歩むことによってのみ得られるのだと思います。このように考えると、看護を実践する者は、看護職者である前に、一人の人として、豊かに成長することが求められます。

どのような時代になろうとも、患者さんの傍らに寄り添い〝生きる〟を支えあえる存在であり続けるためには、一人の人としてどのように生きるのか、日々自分に問いかけながら、今を、瞬間を、大事に懸命に歩んでいくことなのだと思います。

看護・ケア・介護に心を込めるすべての専門職が、やりがい、喜び、誇りを未来永劫持ち続けられますように！　願いを込めて!!

いのちの歌（作詞　Miyabi／作曲　村松崇継）

生きてゆくことの意味　問いかけるそのたびに
胸をよぎる　愛しい人々のあたたかさ
この星の片隅で　めぐり会えた奇跡は
どんな宝石よりも　たいせつな宝物
泣きたい日もある　絶望に嘆く日も
そんな時そばにいて　寄り添うあなたの影
二人で歌えば　懐かしくよみがえる
ふるさとの夕焼けの　優しいあのぬくもり

本当にだいじなものは　隠れて見えない

ささやかすぎる日々の中に　かけがえない喜びがある

いつかは誰でも　この星にさよならを
する時が来るけれど　命は継がれてゆく
生まれてきたこと　育ててもらえたこと
出会ったこと　笑ったこと
そのすべてにありがとう
この命にありがとう

謝　辞

本書をまとめるにあたり、杉万俊夫先生（九州産業大学人間科学部教授〈理事、学部長〉、京都大学名誉教授、一般社団法人集団力学研究所所長）には、全般にわたりご協力いただきました。また、第1章と第2章では、ご登場いただいた皆様に、文章の確認や挿絵の選別に、ご協力いただきました。

そして、歯科医師U先生のご息女、中山百合香様及び私の大切な友、南　麗子様には、素敵な挿絵を描いていただきました。

ご協力いただいた皆様に、心から感謝いたします。

最後に、本書出版にあたって、ご理解とご支援をいただきました文芸社編集部の伊藤ミワ様をはじめ、その他スタッフの皆様に心からお礼申し上げます。

挿　絵／中山 百合香

P.13　ふくろう、P.17　愛猫チララ・愛犬ゴン、
P.19　山茶花、P.24　黒猫（クロ）、P.31　水槽、
P.34　夢心庵の暖簾、P.37・38　野菜畑、
P.52　乳母車と車椅子、P.58　結婚式花束、
P.70　グラスワインとボトル、P.71　ソムリエナイフ、
P.111　愛猫チララ、
P.119　ショートケーキ・シュークリームなど

南 麗子

P.36　ササユリ、P.40　山羊の親子、P.42　藤、
P.53　つるバラ、
P.78・79　タンポポ、チューリップ、つゆ草、
P.81　バラ（赤）、P.101　オキザリス、
P.123　カーネーション

著者プロフィール

福岡 富子（ふくおか とみこ）

大阪大学医学部附属病院看護部長として７年間勤務（その間に、副病院長兼任）を経て、一般財団法人住友病院看護部長として６年間勤務。

その後、看護管理者の能力向上を目指して、一般社団法人集団力学研究所を母体とした「看護管理者支援プロジェクト」を創設。

また、医療職の倫理的感性の涵養という課題にも取り組み、臨床倫理事例研究会（北陸地区・愛媛地区・大阪地区）の創設に関わった。

生きるを支えあう 一人の人として、看護職者として

2020年11月15日　初版第１刷発行

著　者　福岡 富子
発行者　瓜谷 綱延
発行所　株式会社文芸社
〒160-0022　東京都新宿区新宿1－10－1
電話　03-5369-3060（代表）
03-5369-2299（販売）

印刷所　図書印刷株式会社

ISBN978-4-286-22122-9　JASRAC 出2006132－001